KB003187

시로 국어 공부

표현편

문장을 유려하게

시로 국어 공부

표현편

남영신 지음

마리북스

머리말

시가 사람들에게 주는 영향은 참 다양합니다. 어떤 이는 한 줄의 글자와 공백으로 구성되는 시구 속에서 인간 삶의 의미를 찾는데, 또 어떤 이는 그 속에서 영혼의 음악 소리를 음미합니다. 그런데 나는 어쩐 일인지 시구 속에서 아우성 같은 외침을 듣습니다. 그 외침이 때로는 피맺힌 절규로 와닿기도 하고, 때로는 지극히 간절한 탄식처럼 들리기도 합니다.

나에게 시는 아름다움보다는 외로움이나 슬픔에 더 가까웠습니다. 그래서인지 몰라도 내게 시는 한 편의 잘 짜인 각본이어야 했고, 빈틈없이 펼쳐지는 파노라마여야 했습니다. 그래서 조금이라도 흠이나 어긋남이 있다고 생각하면 괴로워하지 않고는 배기지 못한 것 같습니다. 나는 왜 그런 시 읽기에 천착했는지 모르겠습니다. 그것은 나의 성향이라고 치부하고 말 사소함에 지나지 않은 것이었습니다만, 그 사소함이 속병처럼 오래 지속되다 보니 그것이 놀랍게도 반짝이는 빛을 내뿜는 것이 보였습니다. 이 책은 그 깨달음의 결과물인 셈입니다.

이 책은 시를 읽으면서 국어 공부를 할 수 있도록 해 보자는 취지로 만들었습니다. 하나의 문법서이면서 시를 문법적으로 감상하는 길잡이 구실을 하도록 했습니다. 이 책을 읽는 분이 모두 시를 나처럼 읽는 것에 공감하지는 않을지 모르지만, 그래도 어떤 분에게는 국어를 배우고 익히는 데 시 읽기가 퍽 유용한 길이 되어 주리라고 믿습니다. 잘 짜인 각본 같은 시를 읽는 기쁨, 파노라마처럼 펼쳐진 시를 읽는 상쾌함은 일종의 발견이라고 할 만한 기쁨을 우리에게 선사합니다. 여러분도 이 책을 읽으면서 그런 발견을 할 수 있을 것입니다.

《시로 국어 공부》는 세 권으로 구성됩니다. 제1권은 문법편으로, 문법의 기본 개념을 개괄하는 내용으로 되어 있습니다. 형태소, 단어, 구, 절, 품사, 문장 성분, 문장 종류 등을 설명하고 있습니다. 제2권은 조사·어미편으로, 문법의 가장 기본인 조사와 어미의 종류, 기능 등을 설명하고 개별 조사와 어미의 사용법을 제시합니다. 제3권은 표현편으로, 유익한 단어나 시인들이 많이 사용해 주기를 바라는 단어, 국어에서 자주 사용되는 문법적 관용구, 시에 많이 쓰이는 수사법 등을 실었습니다. 모든 설명은 시를 감상하면서 문법을 익히고 활용할 수 있도록 했습니다. 시 감상과 문법 공부라는 상당히 이질적인 두 가지 일을 동시에 해 보자! 이런 발상이 참신하다는 평가로 이어지길 바라는 마음이 간절합니다.

이 책에 실린 대부분의 시는 모두 저작권자의 사용 승인을 받은 것임을 알려 드립니다. 특히 이 책의 의미를 이해하시고 흔쾌히 사용할 수 있게 은혜를 베풀어 주신 많은 분께 이 자리를 빌려 깊은 감사의 말씀을 드립니다. 몇 편의 시는 저작권자를 찾지 못해서 일단 싣고 뒤에라도 저작권자가 나타나면 합당한 논의를 진행하고자 합니다. 소중한 시를 사용할 수 있게 허락해 주신 모든 분께 거듭 감사의 말씀을 드립니다.

요즘 한국어가 세계인의 언어로 발돋움하고 있습니다. 이 책이 국내외에서 한국어를 공부하는 많은 분께 도움이 되었으면 합니다. 여러분 모두에게 행운이 함께하기를 바랍니다.

2022년 5월,

남영신

차례

2장 시로 관용구 익히기

〈표현편〉 들어가기

시는 예술이고, 예술은 표현을 통해서 우리에게 다가오므로 시와 표현을 함께 생각하는 것은 당연하다. 문법도 일종의 표현 공부의 하나이지만 여기서는 원리를 따지는 것이 아니라 말이 주는 느낌과 맛을 음미하는 뜻에서 표현을 생각하려 한다.

여기서는 표현의 단위로서 단어와 관용구 그리고 수사법을 시를 통해서 살펴보고자 한다. 단어와 관련해서는 시인들이 우리말에서 찾아낸 멋진 단어들에 착안했다. 이 단어들 중에서 일상에서는 별로 쓰지 않지만 시인이 씀으로써 생명력을 불어넣은 단어들에 주목했다. 항간에서는 이를 사어라고 규정할지 모르지만 우리가 소중히 생각하고 잘 갈고닦아 사용해야 할 만한 단어들을 골라 보았다.

이 단어들 중에는 국어사전에 올라 있지 않거나 올라 있더라도 뜻이 부정확한 단어들도 있다. 나는 이 단어들의 의미를 잘 설명하여 사람들이 시를 더 깊이 이해할 수 있기 바라며, 후대의 시인들도 이 단어들을 좀 더 자주 사용해 주었으면 한다.

관용구는 주로 조사와 어미를 함께 사용하는 관용구에 착안했다. '-ㄹ 수밖에 없다'는 분명 관용구이지만 국어사전에는 이를 관용구로 설명해 놓지 않아서 따로 배울 기회가 없다. '로 해서'나 '만 하다'도 익혀야 할 가치가 있는 관용구라고 생각한다. 한국어는 조사와 어미를 문법 요소로 사용하기 때문에 조사와 어미를 사용한 관용구 익히기를 게을리하면 안 된다. 그런 점에서 조사와 어미를 활용한 관용구를 표현의 소재로서 다뤘다.
마지막으로 수사법과 관련해서는 시에서 두드러지게 쓰이는 기법을 살펴봄으로써 시와 수사법의 긴밀한 관계를 보여 주려 했다.

1장

시로
어휘 공부

시어

특정 시에서만 쓰이는 특별한 단어를 통해서 국어 공부를 하는 것도 의미가 있을 것 같다. 새로운 단어를 배우는 기회도 되고, 그 시의 특별한 맛을 느낄 수도 있을 것이기 때문이다.

○ [골붉다]

단풍이 드는 나무의 여러 잎 중에서 다른 잎은 아직 색이 그대로인데 먼저 변하여 붉다. 9월 즈음에 먼저 붉은색으로 일찍 변하는 나뭇잎을 묘사할 때 쓰는 말이다.

오매, 단풍 들것네

김영랑

"오매, 단풍 들것네."
장광에 골붉은 감잎 날아와
누이는 놀란 듯이 치어다보며
"오매, 단풍 들것네."

추석이 내일모레 기둘리니
바람이 잦이어서 걱정이리
누이의 마음아 나를 보아라
'오매, 단풍 들것네'

'골붉은'이라는 단어가 낯설어서 일부 책에서는 '골 붉은'으로 띄어 써서 의미를 파악하려 한다. 그러나 그렇게 띄어 쓰더라도 '골이 붉다'가 무슨 뜻인지 명확하게 알기 어렵다. 김영랑이 전라남도 강진 사람이니 그곳 지역어일 가능성이 높아 내가 그 지역에서 알아보니 놀랍게도 아주 멋진 단어였다.
늦여름이나 초가을 아직 단풍이 들기 전에 여러 잎 중에서 먼저 붉은색으로 변한 잎을 '골붉은 잎'이라고 한다. 그러니 '골붉은 잎'이 떨어지면 머지않아 단풍이 들 것임을 예측할 수 있는 것이다. 시에서 화자가 이 '골붉은 잎'이 떨어지는 것을 보고 '오매 단풍 들것네'라고 외친 이유가 여기에 있었다.
시인은 '골붉은 감잎'이 '장광'에 날아온다고 했다. '장광' 옆에 감나무가 있는 시골 뜰의 풍경을 연상시킨다. 여기서 '장광'은 '장독대'의 이 지역 방언이다. 읽을 때 '장꽝'이라고 읽어야 한다. '누이'는 여자 형제를 일컫는 말인데 대체로 자기보다 나이가 어린 여자에게 쓰이고, 손위인 경우에는 '누님'이라고 부른다. 나는 이 시를 읽을 때마다 짙은 토속적 정취를 느낀다.

| '붉다'를 사용한 복합어

- 검붉다: 검은빛을 띠면서 붉다.
- 새붉다: 새뜻하게 붉다.
- 연붉다: =엷붉다.
- 엷붉다: 엷게 붉다.
- 짙붉다: 짙게 붉다.
- 희붉다: 흰빛이 돌면서 붉다.

○ [그믈다]

사그라지다. '그뭄', '그뭄달'의 어원이 된 동사인데, 요즘은 단독으로 쓰이는 경우를 보기가 어렵다. 김상용의 아래 시에서 어렵게 찾았기에 기꺼이 이 시를 소개하려 한다.

어미소

김상용

산성(山城) 넘어 새벽드리 온 길에
자욱자욱 새끼가 그리워
슬픈 또 하루의 네 날이
내[煙] 끼인 거리에 그므는도다.

바람 한숨짓는 어느 뒷골목
네 수고는 서푼에 팔리나니
눈물도 잊은 네 침묵의 인고 앞에
교만한 마음의 머리를 숙인다.

푸른 초원에 방만(放漫)하던 네 조상
맘 놓고 마른 목 추기던 시절엔
굴레 없는 씩씩한 얼굴이
태초 청류(淸流)에 비췬 일도 있었거니…

이 짧은 시에 화석 같은 단어가 여럿 보인다. 먼저 '그믈다'는 국립국어원의 우리말샘에 '사그라지다'의 평북 방언으로 올라 있지만, 시인이 경기도 출신이라는 점을 감안하면 생각보다 더 널리 쓰인 것으로 추측할 수 있겠다. '그믈다'의 명사형은 '그믊'이 될 것이다. 그러나 오래전에 음운이 변한 탓에 '그믐'으로 정착한 것으로 보인다. '가물다'가 '가뭄'으로 명사화한 것과 같은 원리인데, 이는 '모질다'가 '모질음'으로, '그을다'가 '그을음'으로 명사화한 것과는 다른 길을 걸은 것이다. 화석 같은 단어는 또 '새벽드리 온 길에'에도 나타나 있다. 아마 〈처용가〉를 아는 사람은 기억할 것이다. '서라벌 밝은 달에 밤드리 노니다가'에 쓰인 '드리'가 이 시에 쓰였다. '새벽이 들도록', '새벽이 들 때까지'의 의미로 쓰인 것을 알 수 있다. 이렇게 보면 '드리'의 성격이 조사가 아닐까 생각된다. 시인이 친일 행위를 한 것 때문에 이 시의 '어미소'에 대한 해석이 무척 좁아지는 것을 느낀다.

꽃과 항구

박두진

나무는 철을 따라
가지마다 난만히 꽃을 피워 흩날리고,

인간은 영혼의 뿌리 깊이
눌리면 타오르는 자유의 불꽃을 간직한다.

꽃은 그 뿌리에 근원하여
한철 바람에 향기로이 나부끼고,

자유는 피와 생명에 뿌리하여
영혼의 밑바닥 꺼지지 않는 근원에서 죽지 않고 탄다.

꽃잎. 꽃잎. 봄 되어 하늘에 구름처럼 일더니,
그 바다—, 꽃그늘에 항구는 졸고 있더니,

자유여! 학살되어 바닷속에 버림받은 자유여!

피안개에 그므는 아름다운 항구여!

그 소녀와 소년들과 젊음 속에 맥 뛰는
불의와 강압과 총칼 앞에 맞서는

살아서 누리려는 자유에의 비원이
죽음—. 생명을 짓누르는 공포보다 강하구나.

피는 꽃보다 값지고,
자유에의 불꽃은 죽음보다 강하구나.

인간이 어쩔 수 없이 자유를 지향하고 갈망하게 됨을 강조하는 시이다. '자유여! 학살되어 바닷속에 버림받은 자유여!/ 피안개에 그므는 아름다운 항구여!'라고 절규하는 시인의 마음에 공감하지 않을 수 없다.
1960년 3월, 부정선거를 규탄하다가 최루탄이 눈에 박힌 채로 죽어서 항구의 바닷가에 떠오른 한 고등학생의 시신을 생각하면서 자유의 중요성을 피를 토하듯이 읊은 시이다. '피안개에 그므는 아름다운 항구'가 바로 마산항이었다. 마지막 연이 우리에게 큰 울림을 준다. 정치적 이익이나 경제적 가치로 자유를 팔지 말아야 할 이유를 발견하게 하는 시이다.

○ [긋다]

비를 잠시 피하여 그치기를 기다리다. 자동사로 '비가 그치다'의 뜻으로도 쓰이지만, 주로 타동사로 '비를 긋다'의 구문으로 쓰인다.

늦가을

김사인

호두나무 잎에 싱거운 비 뿌린다

성큼 옮겨놓는 황새 다리가 더 길어졌다

물 말아 찬밥 한술 뜨고
이웃에 곶감이나 깎아주러 갈까

돋보기를 밀어올리며
어머님은 양말을 꿰매고 계시고

그런데 귀뚜라미들은 대체
어디서 이 비를 긋겠나

'싱거운 비'가 내리는 날, 각자가 나름대로 한가하게 또는 유유하게 시간을 보내는데 비를 피하지 못할 귀뚜라미를 걱정하는 시인의 따뜻한 마음이 전해 온다. 이 의미로 쓰이는 '긋다'는 홍명희, 황순원, 송기숙, 김주영 등의 글에 자주 등장하여 우리 눈에 조금 익숙해진 것 같다.

○ [께벗다]

알몸이 되게 옷을 모조리 벗다. 이 말은 《표준국어대사전》이나 우리말샘에도 오르지 않은 말이어서 어원을 알 수 없다. 실은 '께벗다'라고 써야 할지 '깨벗다'라고 써야 할지도 알 수 없는 말이기도 하다. 어쨌든 이 말이 아래 시에 쓰인 것을 보고 나는 전율을 느꼈다.

춘천은 가을도 봄이지

유안진

겨울에는 불광동이
여름에는 냉천동이 생각나듯
무릉도원은 도화동에 있을 것 같고
문경에 가면 괜히 기쁜 소식이 기다릴 듯하지
추풍령은 항시 서릿발과 낙엽의 늦가을일 것만 같아

춘천이 그렇지
까닭도 연고도 없이 가고 싶지
얼음 풀리는 냇가에 새파란 움미나리 발돋움할 거라
녹다 만 눈 응달 발치에 두고
마른 억새 <u>께벗은</u> 나뭇가지 사이사이로
피고 있는 진달래꽃을 닮은 누가 있을 거라
왜 느닷없이 불쑥불쑥 춘천에 가고 싶어지지
가기만 하면 되는 거라
가서, 할 일은 아무것도 생각나지 않는 거라
그저, 다만 새봄 한 아름을 만날 수 있을 거라는
기대는, 몽롱한 안개 피듯 언제나 춘천 춘천이면서도
정말 가 본 적은 없지
엄두가 안 나지, 두렵지, 겁나기도 하지
봄은 산 넘어 남촌 아닌 춘천에서 오지

여름날 산마루의 소낙비는 이슬비로 몸 바꾸고
단풍 든 산허리에 아지랑거리는 봄의 실루엣
쌓이는 낙엽 밑에는 봄나물 꽃다지 노랑웃음도 쌓이지
단풍도 꽃이 되지 귀도 눈이 되지
춘천이니까.

나무가 추위에 나뭇잎을 모두 떨어뜨리고 있는 모습을 '께벗은 나뭇가지'라고 표현한 것은 단어 '께벗다'를 살린 의미도 있지만, '잎이 다 떨어지고 앙상해진 나뭇가지'를 형상화하는 데 이보다도 더 좋은 단어가 없을 것 같다. 이 낱말을 시에서 볼 수 있어서 감격스러웠다.
안동 출신인 시인이 이 단어를 쓴 것에 나는 무척 고무되었다. 왜냐하면 나주에서 살았던 내가 어릴 적에 수없이 말하고 들었던 말이 안동에서도 사용되었다면 이 말의 사용 범위가 훨씬 넓을 것으로 볼 수 있기 때문이다. 내 고향에서 자주 쓰던 단어로 '께벗쟁이 친구'라는 말이 있었다. 표준어로 '불알친구'와 같은 의미로 쓰이던 말이다. '불알친구'가 남자들에게만 해당하는 말인 데 비해서 '께벗쟁이 친구'는 성별을 따지지 않고 쓰였던 것으로 기억한다.
이 시에는 대단히 창조적인 단어가 하나 나온다. '아지랑거리다'가 그것이다. 아마 아지랑이가 아른거리는 것을 형상화한 말로 보이는데 '아른거리다'보다 더 현실감이 나는 것 같다. 이 밖에도 이 시에는 '응달'이라는 멋진 단어가 사용되었다. '응달'은 '음지'를 뜻하는 고유어로서 '양달'에 대응한다. '아사달'이 '아침'을 뜻하는 '아사'와 땅을 뜻하는 '달'이 결합해서 된 복합어라는 점을 생각하면, 음지 대신에 응달을 쓴 시인의 우리말 사랑을 진하게 느낄 수 있다.

| '벗다'를 사용한 복합어

• 발가벗다: 알몸이 되도록 옷을 모조리 벗다.

• 헐벗다: 옷이 헐어 벗다시피 하다.

○ [물이랑]

배 따위가 지나는 길에 물결이 양쪽으로 갈라지면서 줄줄이 일어나는 물결. '이랑'은 갈아 놓은 밭의 한 두둑과 한 고랑을 아울러 이르는 말이다. 보통 이랑이 죽 이어져 있는 모습으로 밭 전체의 모습을 형상화한다.

겨울 바다

김남조

겨울 바다에 가 보았지
미지의 새
보고 싶던 새들은 죽고 없었네

그대 생각을 했건만도
매운 해풍에
그 진실마저 눈물져 얼어 버리고
허무의 불 물이랑 위에
불붙어 있었네

나를 가르치는 건
언제나 시간
끄덕이며 끄덕이며 겨울 바다에 섰었네
남은 날은 적지만

기도를 끝낸 다음 더욱 뜨거운
기도의 문이 열리는
그런 영혼을 갖게 하소서
남은 날은 적지만

겨울 바다에 가 보았지
인고(忍苦)의 물이
수심 속에 기둥을 이루고 있었네

이 시에서 '물이랑'을 '물결'로 대체할 수 있지만 시인이 '물결'이라는 평범한 단어 대신에 '물이랑'을 쓴 이유는 물과 불로 상징되는 부정과 긍정, 정적인 것과 동적인 것의 교체를 통해서 동적이고 변화하는 이미지를 강화하기 위함이었을 것이다. 이랑이 두둑과 고랑이라는 두 개념을 가진 것을 고려한다면 참 멋진 선택이라고 할 수 있다.
겨울 바다라는 죽음과 허무의 공간에서 깊은 좌절감에 젖은 시적 화자가 그 허무의 삶에서 희망을 발견하고 생을 긍정하게 만드는 변곡점이 되는 지점을 '물이랑 위에 불이 붙은' 것으로 표현해 냈다. 그러니 이 시에서 '물이랑'이 차지하는 의미가 결코 작지 않다고 생각한다.

○ [발싸심하다]

'발싸심하다'는 두 가지 뜻을 지니고 있다. 팔다리를 움직이고 몸을 비틀면서 비비적대다와 (비유적으로) 어떤 일을 하고 싶어서 안절부절못하고 들먹거리며 애를 쓰다이다.

센티멘탈

박용철

1
포름한 하늘에 햇빛이 우렷하고
은빛 비늘구름이 반짝 반득이며
「나아가자꾸나 나아가자꾸나」
가자니 아— 어디를 가잔 말이냐

솔나무 밑에 발을 멈추다—
잔디밭에 가 퍽 주저앉다—
아— 그러지 않아 탁가운 가슴을
왜 이리 건드려 쑤석거려내느냐

가을날 우는 듯한 바이올린 소리 따라
마련 없는 나그네 길로 나를 불러내느냐
무엇 찾아야 할 줄도 모르는 길로
발싸심하는 욕망에 가슴 조이며 걸으랴느냐

2
저 넓은 들에 누른 기운이 움직이고
저기 사과밭에 붉은빛이 얽혀지는데
병풍같이 둘린 산이 의젓이 맞는 듯하고
훤칠한 큰길이 끝없이 펼쳐 있는데

아— 이 하늘 아래 이 공기 속에
열매 익히는 저 햇빛 가득 담은 술잔을
고마이 받들어 앞뒤 없이 취하든 못해도
눈감은 만족에 바다같이 가라앉지도 못하고

가슴에 머리에 넘치는 울음을
눈썹 하나 까딱이지 못하는 사람은

이 시는 《박용철 시선》에서 가져왔는데 내가 맞춤법에 맞춰 일부 수정했다. 원문에는 '발사슴하는'으로 적혀 있는 것을 '발싸심하는'으로 고친 것이다. 무엇을 해야 할지, 어디로 가야 할지 몰라 안절부절못하는 식민지 지식인의 고뇌를 읊은 시일 것이다. 앞에 보이는 넓은 들, 사과밭, 병풍같이 둘린 산, 훤칠하게 나 있는 길을 보면서 그곳으로 달려가고 싶은 욕망이 솟구치지만 그렇게 하지 못하는 자신의 처지를 읊은 것은 아닐까?

○ **[벌다]**

벙근 꽃봉오리가 벌어지다. 기본 뜻은 틈이나 사이가 뜨는 것을 가리키는데, 대체로 꽃이 피느라고 꽃봉오리가 벌어지는 것을 묘사하는 데 쓰인다.

산도화 1

박목월

산은
구강산(九江山)
보랏빛 석산(石山)

산도화
두어 송이
송이 버는데

봄눈 녹아 흐르는
옥 같은
물에

사슴은
암사슴
발을 씻는다.

이 시는 청록파 시인 박목월의 서정적이고 자연친화적인 모습을 잘 보여 준다. 사람의 개입이나 군더더기 없이 보랏빛 석산과 산도화와 옥 같은 물의 색깔을 대비해 놓고 발을 씻는 암사슴을 등장시킨 것은 참으로 멋진 구상이 아닐 수 없다. 여기서 중요한 것은 이 산도화 두어 송이가 벌어져 도색이 드러나고 있다는 점이다. 그런 점에서 '벌다'가 주는 의미가 대단히 중요하다.

○ [슬다]

쇠붙이에 녹이 생기다. 또는 벌레나 물고기 따위가 알을 깔기어 놓다.

녹을 닦으며

허형만

새로이 이사를 와서
형편없이 더럽게 슬어 있는
흑갈빛 대문의 녹을 닦으며
내 지나온 생애에는
얼마나 지독한 녹이 슬어 있을지
부끄럽고 죄스러워 손이 아린 줄 몰랐다
나는, 대문의 녹을 닦으며
내 깊고 어두운 생명 저편을 보았다
비늘처럼 총총히 돋혀 있는
회한의 슬픈 역사 그것은 바다 위에서
혼신의 힘으로 일어서는 빗방울
그리 살아온
마흔세 해 수많은 불면의 촉수가
노을 앞에서 바람 앞에서
철없이 울먹였던 뽀오얀 사랑까지
바로 내 영혼 깊숙이
칙칙하게 녹이 되어 슬어 있음을 보고
손가락이 부르트도록
온몸으로 온몸으로 문지르고 있었다.

'슬다'는 '녹'이 나타날 때 쓰는 말이다. 대개 '녹이 슬다'의 형태로 쓰인다. '녹'과 '슬다'가 너무 자주 어울리기 때문에 아예 '녹슬다'라는 동사로 발전했다. '녹슬다'는 사람들이 자주 쓰는데 '슬다'를 독립한 동사로 사용하는 경우가 많지 않아서 여기에 제시해 보았다. '슬다', '고프다', '부르다', '마렵다' 같은 동사는 상대적으로 독립성이 적어 '녹', '배', '오줌' 같은 명사와 함께 쓰이는 것이 보통이다.
나는 이들 동사를 독립시켜 쓰는 시인들에게 고마움을 느낀다. 시인은 쇠에 녹이 슬 듯이 삶에 녹이 슬고, 영혼에 녹이 슬었다고 한탄한다. 삶에는 부끄러움, 죄스러움의 녹이 슬어 있고, 영혼에는 걱정, 근심, 사랑 같은 정서의 녹이 슬어 있다. 이런 것이 삶이라고 시인은 말하고 있는 것 같다.

◦ [시멋없이]

시시하거나 시큰둥하여 멋없이. 형용사 '시멋없다'가 부사로 바뀐 형태이다. '시멋없다'나 '시멋없이'는 《표준국어대사전》에 오르지 못한 단어이다. 그래서 정확하게 뜻풀이를 하지 못한다. 다만, 어감은 어느 정도 느낄 수 있다. '멋없다'에 '시-'가 붙은 형태임을 알 수 있기 때문이다. '건드러지다'와 '시건드러지다', '건방지다'와 '시건방지다'의 관계를 통해서 '시멋없다'의 의미를 유추할 수 있을 것이다. 그냥 '멋없다'로 표현하면 너무 밋밋하여 좀 더 어울리는 낱말을 생각한 끝에 사용한 말이라고 생각하면 이 말의 쓰임새를 좀 더 구체적으로 느낄 수 있을 것 같다.

기억

김소월

달 아래 시멋없이 섰던 그 여자,
서 있던 그 여자의 해쓱한 얼굴,
해쓱한 그 얼굴 적이 파릇함.
다시금 실 벋 듯한 가지 아래서
시커먼 머릿낄은 번쩍거리며.
다시금 하룻밤의 식는 강물을
평양의 긴 단장은 스치고 가던 때.
오오 그 시멋없이 섰던 여자여!

그립다 그 한밤을 내게 가깝던
그대여 꿈이 깊던 그 한동안을
슬픔에 귀여움에 다시 사랑의
눈물에 우리 몸이 맡기었던 때.
다시금 고즈넉한 성 밖 골목의
사월의 늦어가는 뜬눈의 밤을
한두 개 등불 빛은 울어 새던 때.

오오 그 시멋없이 섰던 여자여!

한 여자가 서 있는 모습을 보며 '시멋없다'라고 한 시인의 생각에 공감하기 위해서는 그 여자가 서 있는 모습을 반추해 볼 필요가 있을 것 같다. 얼굴은 핏기가 없이 해쓱하고, 머릿결은 까맣게 번쩍거리고, 사랑의 감정에 흔들리지 않고 사월의 고즈넉한 밤을 뜬눈으로 새면서도 '시멋없이' 섰던 여자를 상상한다면 우리는 거기서 도도하여 범접할 수 없는 한 여자를 만날 수 있지 않을까? 그래서 나는 세상일에 시큰둥하여 세속적인 멋이 없는 태도를 '시멋없는' 여자로 표현한 것으로 생각한다. 나의 지나친 해석일 수 있겠지만.

◦ [이아치다]

자연의 힘이나 사람의 방해로 해를 입다. 또는 그런 힘으로 해를 입히다.

매화

이병기

외로 더져 두어 미미히 숨을 쉬고
따듯한 봄날 돌아오기 기다리고

음음한 눈얼음 속에 잠을 자던 그 매화

손에 이아치고 바람으로 시달리다
곧고 급한 성결 그 애를 못 삭이고
맺었던 봉오리 하나 피도 못한 그 매화

다가오는 추위 천지를 다 얼려도
찾아드는 볕은 방으로 하나 차다
어느 뉘[世] 다시 보오리 자취 잃은 그 매화

이병기 시인은 주로 시조를 쓴 분인데, 20세기 전반기에 활동해서 어투가 장중하고 단어도 요즘 쓰지 않는 것이 많다. '던져 두어'를 '더져 두어'라고 쓴 것이나, '한쪽으로'를 '외로'로 표현한 것이나, '세상'을 '뉘'로 표현한 것이 대표적인 예이다.

이 시에서 '이아치다'는 '시달리다'와 호응한다. 사람의 손을 타는 것을 '이아치다'로 표현한 것에 주목할 필요가 있다. 사람들은 매화 봉오리가 왜 이리 벌어지지 않는지 이리저리 만지고 때로는 똑 따는 만행(?)까지 저지르면서 매화를 괴롭힐지 모른다.

'이아치다'는 이런 시달림을 받는 상황을 나타내는 말이다. 여기에 모진 바람을 받으며 시달리던 매화가 결국 봄이 왔는데도 꽃을 피우지 못하고 말았다. 시인의 마음은 이 매화를 아쉬워하고 있다. 좋은 시절이 와도 제대로 꽃을 피우지 못하는 것이 어찌 매화뿐이겠는가. 우리 주위에는 갖은 폭력이나 모진 환경에 위축되어 자기 능력을 발휘하지 못하고 마는 사람들이 많지 않은가!

○ [포시럽다]

살이 통통하게 오르고 포근하고 부드럽다. 보통 어린애의 살진 모습을 묘사하는 데 쓰인다.

당신이 아니더면

한용운

당신이 아니더면 포시럽고 매끄럽던 얼굴이 왜 주름살이 접혀요.
당신이 괴롭지만 않다면 언제까지라도 나는 늙지 아니할 테야요.
맨 처음에 당신에게 안기던 그때대로 있을 테야요.

그러나 늙고 병들고 죽기까지라도 당신 때문이라면 나는 싫지 않아요.
나에게 생명을 주든지 죽음을 주든지 당신의 뜻대로만 하셔요.

나는 곧 당신이어요.

당신이 누구이기에 이런 고백을 할 수 있을까? '포시럽고 매끄러운' 얼굴이 주름살이 접히게 되었다면, 그런데 그것이 당신 때문이었다면 싫지 않을 거라는 말은 누구에게 할 수 있을까? 아마 세간에서 사랑을 나누는 연인은 아닐 것이다. 한용운 시인이 사랑하고 기대하는 당신은 절대자이거나 조국이었다. 이 시의 당신은 아마 조국일 것이다. 조국을 위한 일이라면 자신의 안위는 생각하지 않겠다는 다짐이 이 시로 나타났을 것이다.

○ **[하늬]**

서쪽을 가리키는 말. 주로 뱃사람이나 농어촌 사람들이 서쪽을 일컫는 말인데 지금은 일반에서도 자주 쓰인다.

우리 집

김소월

이 바로
외따로 와 지나는 사람 없으니

'밤 자고 가자' 하며 나는 앉아라.

저 멀리 하늬 편에
배는 떠나 나가는
노래 들리며

눈물은
흘러내려라
스르르 내려감는 눈에.

꿈에도 생시에도 눈에 선한 우리 집
또 저 산 넘어 넘어
구름은 가라.

원문을 맞춤법에 맞게 수정하여 옮겼다. 특히 원문에 '하느便'이라고 적힌 것을 '하늬 편'으로 고쳤다. '하느'는 '하늬'의 방언이라고 생각하기 때문이다. 국립국어원 《표준국어대사전》은 '하늬'를 '서쪽에서 부는 바람. 주로 농촌이나 어촌에서 이르는 말이다.'라고 풀이하고, '하늬바람'과 '하늬'를 동의어로 제시해 놓았다.

이는 '하늬'가 바람의 일종임을 밝힌 것이다. 국립국어원이 어떤 근거로 이런 풀이를 했는지 알 수 없지만 이는 재검토하는 것이 좋을 것 같다. 이 시에서도 볼 수 있듯이 '하늬'는

'바람'을 가리키는 말이 아니라 방향으로서 서쪽을 가리키기 때문이다. '하늬바람'을 줄여서 '하늬'로 표현하는 것은 편의상 음절을 줄인 결과일 뿐이다.
소월의 고향인 평안북도 정주를 비롯한 평안도 서쪽 해안 지방에서는 일찍부터 〈배따라기〉라는 민요를 불렀다. 내용은 뱃사람의 애환을 노래한 것이다. 이 시의 제2연은 이런 사정을 읊은 것이다. 그리고 이런 추억을 반추하며 고향의 '우리 집'에 대한 참을 수 없는 그리움이 솟구치는 상황을 읊고 있다.

○ [한참갈이]

소로 잠깐이면 갈 수 있는 넓지 않은 논밭을 가리킨다. 그러나 소를 이용해서 밭을 갈지 않고 사람이 갈게 되면 꽤 시간이 걸리는 넓이가 한참갈이이다. 괭이로 파고 호미로 김을 매는 데는 한참이 걸린다. '한참'은 상당한 시간 동안을 가리키는 말이다.
'한참갈이'는 한국인의 특성을 잘 드러내는 조어라고 할 수 있다. 즉, 정확하게 수량을 확정하지 않고 '두셋'이나 '두서너 개', '대여섯 말'처럼 범위를 넉넉하게 생각하여 말하는 것이 한국인의 특성이다.
'한참갈이'도 구체적인 넓이를 가늠할 수 없는데 다만 소를 이용하기에는 좁고 사람이 직접 갈기에는 버거운 정도의 넓이일 것이다. '한참' 대신에 '하루' 또는 '사흘'처럼 구체적인 기간을 넣어서 '하루갈이', '사흘갈이'처럼 쓰기도 한다. '하루갈이'는 하루 걸려서 갈 수 있는 논밭을 가리키고, '사흘갈이'는 사흘 걸려서 갈 수 있는 논밭을 의미한다.

남南으로 창을 내겠소

김상용

남(南)으로 창을 내겠소
밭이 한참갈이
괭이로 파고
호미론 풀을 매지요.

구름이 꼬인다 갈 리 있소
새 노래는 공으로 들으랴오
강냉이가 익걸랑
함께 와 자셔도 좋소.

왜 사냐건
웃지요.

남쪽으로 창을 내고, 한참갈이 밭을 괭이와 호미로 경작하고,

구름이 몰려와도 새의 노래를 들으며 농사를 짓고(구름을 역경으로 해석할 수 있다.), 강냉이가 익으면 이웃과 나눠 먹는 등 목가적인 삶을 추구하는 시인에게 누가 왜 사느냐고 묻는다면 그냥 웃고 말겠다는 초탈한 심성을 잘 드러낸 시이다.

| '갈이'를 사용한 복합어

- 겉갈이: (추수가 끝난 뒤에) 논밭의 겉을 얇게 갈아엎는 일. 잡초나 해충 따위를 없애기 위함.
- 깊이갈이: 땅을 깊게 가는 일.
- 나절갈이: 낮의 반쯤 되는 동안에 갈 수 있는 논밭의 넓이.
- 날갈이: =하루갈이.
- 늦갈이: 제철보다 늦게 논밭을 갈고 씨를 뿌리는 일.
- 얼갈이: 푸성귀를 늦가을이나 초겨울에 심는 일, 또는 그 푸성귀.
- 하루갈이: 소로 하루에 갈 수 있는 논밭의 넓이.

○ [함함하다]

털이 보드랍고 반지르르하다. 이 단어가 쓰인 속담에 '고슴도치도 제 새끼는 함함하다고 한다.'라는 것이 있다. 바늘 같은 꼿꼿한 털로 뒤덮인 새끼의 털을 부드럽다고 여긴다는 뜻으로, 자식의 부족한 점까지도 사랑하는 어미의 마음을 의미하기도 하고, 자식의 나쁜 점을 모르고 도리어 자랑함을 경계

하는 의미로 쓰이기도 한다.

여인

조지훈

그대의 함함히 빗은 머릿결에는
새빨간 동백이 핀다.

그대의 파르란 옷자락에는
상긋한 풀 냄새가 난다.

바람이 부는 것은 그대의 머리칼과
옷고름을 가벼이 날리기 위함이라

그대가 고요히 걸어가는 곳엔
바람도 아리땁다.

'함함히'는 '함함하다'의 부사형이다. '함함히 빗은 머릿결에는 새빨간 동백이 핀다'는 머리카락에 동백기름을 발라 빗은 모습이 함함하게 보임을 의미한다. 과거 여인들이 머리를 곱게 단장하고자 할 때 바르던 것이 동백기름이었다. 머릿결에서 동백꽃을 보고, 옷자락에서 풀 냄새를 맡는 것은 시인의 마음이 여인의 모든 것에 매료되었기 때문일 것이다. 그러니 여인이 걸어가면서 일으키는 바람까지도 아리땁게 여기지 않았을까.

○ **[허수하다]**

마음이 허전하고 서운하다. 또는 짜임새나 단정함이 없이 느슨하다.

자나 깨나 앉으나 서나

김소월

자나 깨나 앉으나 서나
그림자 같은 벗 하나 내게 있었습니다.

그러나 우리는 얼마나 많은 세월을
쓸데없는 괴로움으로만 보내었겠습니까!

오늘은 또다시 당신의 가슴속, 속 모를 곳을
울면서 나는 휘저어 버리고 떠납니다그려.

허수한 맘, 둘 곳 없는 심사에 쓰라린 가슴은

그것이 사랑, 사랑이던 줄이 아니도 잊힙니다.

이 시에서 '허수하다'는 첫 번째 뜻으로 쓰였다. 아쉬움이 남아 마음이 허전한 상태를 나타내는 것이다. 오매불망 그리던 임을 만나 달콤한 사랑의 시간을 보내지 못하고 오히려 임의 가슴속을 휘젓는 말을 한 채 헤어진 마음을 '허수하다'로 묘사했다. 그 마음이 얼마나 허전하고 안타까웠을까. 그런데 그 모든 일이 사랑했기 때문에 일어난 일임을 고백하고 있다.

○ **[허천나다]**

몹시 굶주리어 음식을 탐하는 마음이 매우 강하다.

허락된 과식

나희덕

이렇게 먹음직스러운 햇빛이 가득한 건
근래 보기 드문 일

오랜 허기를 채우려고
맨발 몇이
봄날 오후 산자락에 누워 있다

먹어도 먹어도 배부르지 않은
햇빛을
연초록 잎들이 그렇게 하듯이
핥아먹고 빨아먹고 꼭꼭 씹어도 먹고
허천난 듯 먹고 마셔댔지만

그래도 남아도는 열두 광주리의 햇빛!

따뜻한 봄날에 벗들과 함께 산에 올라가 어느 양지바른 곳에 누워 눈부시게 빛나는 햇빛을 쐬고 있었나 보다. 봄의 햇빛은 아무리 쐬어도 싫지 않으니까. 여기서 '허천난 듯'이라는 표현이 참 기막히다. 이 단어가 아니고 어떻게 이 기분을 표현할 수 있겠는가? '허천나다'를 '게걸스럽다'의 사투리로 설명하는 경우가 있는데 이 두 말은 어감이 무척 다르다. '게걸스럽다'는 행동이 저급한 이미지를 나타낸다. '걸신스럽다'와 비슷한 말이다. 그러나 '허천나다'는 몹시 굶주리어 마음속에서 식욕이 걷잡을 수 없을 만큼 일어남을 뜻한다. 심리적인 이미지가 강하다는 말이다. 따라서 행동에 게걸스러움이 보이지 않는다.

| '-나다'가 붙은 파생어

한국어에 '-나다'를 접미사로 삼아 만들어진 파생어가 상당히 많은데 대개는 동사로 파생되지만 형용사로 파생된 단어가 몇몇 있다. 동사로 파생된 것과 형용사로 파생된 것을 여기에 소개한다.

접미사	동사	형용사
어근 + 나다	빛나다 (빛+나다)	별나다 (別+나다)
	겁나다 (겁+나다)	맛나다 (맛+나다)
	끝나다 (끝+나다)	모나다 (모+나다)
	땀나다 (땀+나다)	뻔질나다 (뻔질+나다)
	못나다 (못+나다)	엄청나다 (엄청+나다)
	신나다 (신+나다)	허천나다 (허천+나다)

○ [호숩다]

긴장감이 넘쳐 아슬아슬하거나 짜릿짜릿하다. 또는 그런 느낌이어서 재미있다. 이 낱말은 아직 사전에 오르지 않았다. 국립국어원의 우리말샘에는 '호숩다'와 어원이 같은 것으로 보이는 '호시다'가 '재미있다'의 전남 방언으로 올라 있다. 여기서 재미있다는 뜻은 즐거움을 의미하지 않고 영어로 스릴이 있어 재미있다는 뜻으로 이해해야 한다. '호숩다'도 사전에 올려야 할 것 같다.

사티르

박용철

정말 우리는 빨아 다리는 수도 없이 되었습니다
한번 진흙이 튀거나 기계기름이 묻고 보면
아무 도리도 없소이다
아이 설운 일입니다
푸새 다듬이도 길이 없고
졸졸 흐르는 물에 담가 헹구는 수도 없다면
공중분해로 헷갈려 떨어지는 비행기는 얼마나 호수울까
거꾸로 매달려 바람에 펄렁거리는 빨래만 해도
한껏 부럽소이다
우리 어머니들의 방망이 소리는
골짝마다 들리는데

'호숩다'를 사용한 내가 처음 마주한 시이다. 공중분해되어 비행기가 떨어진다면 그것은 낙하산을 타고 떨어지는 것보다 분명히 더 호수울 것 같다. 청룡열차를 타는 것만큼이나 스릴이 있지 않을까. 참고로 시의 제목 '사티르(satire)'는 '풍자'를 뜻하는 프랑스어이다.
그렇다면 이 시에 어떤 풍자가 들어 있을까. 거꾸로 매달려 있는 빨래보다 못한 신세로 전락한 사람, 차라리 공중분해되어 비행기처럼 떨어진다면 짜릿함이라도 맛볼 수 있지 않을까. 빨아서 다리미로 다린다고 해도 펴지지 않을 정도로 엉망이 된 자신의 삶을 처절하게 비웃고 있다. 비록 그 이유가 시대적 상황 때문일지라도 말이다.

다시 해협

정지용

정오 가까운 해협은
백묵 흔적이 적력(的歷)한 원주!

마스트 끝에 붉은 기가 하늘보다 곱다.
감람 포기 포기 솟아오르듯 무성한 물이랑이여!

반마(班馬) 같이 해구(海狗) 같이 어여쁜 섬들이 달려오건만
일일이 만져주지 않고 지나가다.

해협이 물거울 쓰러지듯 휘뚝 하였다.
해협은 엎질러지지 않았다.

지구 위로 기어가는 것이
이다지도 호수운 것이냐!

외진 곳 지날 제 기적은 무서워서 운다.
당나귀처럼 처량하구나.

해협의 칠월 햇살은
달빛보다 시원타.

화통 옆 사닥다리에 나란히
제주도 사투리 하는 이와 아주 친했다.

스물한 살 적 첫 항로에
연애보다 담배를 먼저 배웠다.

정지용이 1935년에 발표한 이 시는 시적 화자가 해협을 지나면서 보고 느낀 풍경과 감상을 읊은 것이다. 아마 이 해협은 붉고 검은 색채가 뚜렷한 원처럼 보인 것 같다. 정지용이 교토에 있는 도시샤대에 유학했으니 그 근방에 있는 해협이 아닐까 추측할 수 있다. 어떻든 출렁이는 배를 타고 해협을 지나면서 상당한 스릴을 느낀 것 같다. '해협이 물거울 쓰러지듯 휘뚝 하였다./ 해협은 엎질러지지 않았다.// 지구 위로 기어가는 것이/ 이다지도 호수운 것이냐!'라고 한 것을 보면 기우뚱거리는 배에서 본 해협이 휘뚝거리는 것처럼 보였을 것이고, 그런 기분이 상당한 '호수움', 곧 스릴을 느끼게 한 것이다.

○ [홰]

홰는 세 가지 뜻을 지니고 있다. 첫째는 새장이나 닭장에 새나 닭이 올라앉게 가로질러 놓은 나무 막대. 또는 닭이 새벽에 홰에서 우는 횟수를 세는 단위를 말한다. 둘째는 옷을 걸 수 있게 만든 막대를 말한다. 간짓대를 잘라 두 끝에 끈을 매어 벽에 달아매어 두는데, 이를 대개 '횃대'라고 부른다. 셋째는 싸리, 갈대 따위를 묶어 불을 붙여서 어둠을 밝히는 데 쓰는 물건을 가리키며 홰에 불을 붙인 것을 '횃불'이라고 한다. 아래 시에서 '홰'는 첫째 뜻으로 쓰였다.

편복蝙蝠

이육사

광명을 배반한 아득한 동굴에서
다 썩은 들보라 무너진 성채 위 너 홀로 돌아다니는
가엾은 박쥐여! 어둠의 왕자여!
쥐는 너를 버리고 부잣집 곳간으로 도망했고
대붕(大鵬)도 북해로 날아간 지 이미 오래거늘
검은 세기에 상장(喪章)이 갈가리 찢어질 긴 동안
비둘기 같은 사랑을 한 번도 속삭여 보지도 못한
가엾은 박쥐여! 고독한 유령이여!

앵무와 함께 종알대어 보지도 못하고
딱따구리처럼 고목을 쪼아 울리도 못 하거니
만호보다 노란 눈깔은 유전을 원망한들 무엇하랴
서러운 주교(呪交) 일사 못 외일 고민의 이빨을 갈며
종족과 홰를 잃어도 갈 곳조차 없는
가엾은 박쥐여! 영원한 〈보헤미안〉의 넋이여!

제 정열에 못 이겨 타서 죽는 불사조는 아닐망정
공산 잠긴 달에 울어 새는 두견새 흘리는 피는
그래도 사람의 심금을 흔들어 눈물을 짜내지 않는가!
날카로운 발톱이 암사슴의 연한 간을 노려도 봤을
너의 머―ㄴ 조선(祖先)의 영화롭던 한 시절 역사도
이제는 〈아이누〉의 가계와도 같이 서러워라!
가엾은 박쥐여! 멸망하는 겨레여!

운명의 제단에 가늘게 타는 향불마저 꺼졌거든
그 많은 새짐승에 빌붙일 애교라도 가졌단 말인가?
상금조(相琴鳥)처럼 고운 뺨을 채롱에 팔지도 못하는 너는
한 토막 꿈조차 못 꾸고 다시 동굴로 돌아가거니
가엾은 박쥐여! 검은 화석의 요정이여!

편복은 '박쥐'를 뜻하는 한자말이다. 시인은 조국을 잃은 겨

레의 엄혹한 현실을 빛 한 점 들어오지 않는 동굴에 매달려 살아가는 박쥐에 빗대어 표현했다. '홰'를 잃었다는 것은 안심하고 살 수 있는 안식처를 잃었다는 말과 같다. 닭장이나 새장에 홰가 없다면 닭이나 새는 땅바닥에 굴러다니는 신세가 되는 것이다. 나라 잃은 백성이 바로 이런 신세가 아닌가? 1937년 무렵, 이 시를 지을 당시 조선은 이처럼 암울한 상황이었다. 그러나 지금은 일본을 능가하는 국력을 키우고 있어서 현재의 젊은이들은 상상하기 어렵겠지만 우리에게는 일본에 국권을 빼앗겨 이렇게 처절하고 힘든 시기가 정말로 있었다는 점을 잊지 말 일이다.

| '홰'를 사용한 복합어

- 닭의홰: 닭이 올라갈 수 있도록 가로질러 놓은 나무.
- 횃대: 옷을 걸 수 있게 만든 가로질러 놓은 막대.
- 횃댓보: 횃대에 걸어 놓은 옷을 덮는 큰 보자기.
- 횃댓줄: 횃대처럼 쓰기 위해서 가로질러 맨 줄.

2장

시로 관용구 익히기

관용구

관용구의 사전적 의미는 '두 개 이상의 단어로 이루어져 있으면서 그 단어들의 의미만으로는 전체의 의미를 알 수 없는, 특수한 의미를 나타내는 어구(語句)'(《표준국어대사전》)이다. 예를 들면 '발이 넓다'는 '사교적이어서 아는 사람이 많다.'를 뜻하고, '손이 크다'는 '씀씀이가 후하고 크다.'를 뜻한다. 그러나 나는 여기서 조금 다른 의미로 이 말을 사용하려 한다. 여기서 말하려 하는 관용구는 기능어와 실체어의 결합 관용구라고 하는 편이 좋겠다. 즉, 어떤 표현을 할 때 어떤 조사나 어미가 관행적으로 붙는지 제시하는 것이다. 보통은 조사나 어미가 2권에서 설명한 바와 같이 그 기능에 따라서 쓰이는데, 여기서 제시하는 것은 조사나 어미가 뒤에 오는 용언과 결합하면서 통상적인 의미와는 다른 의미를 보태는 것들이다. 처음 시도하는 관용구이므로 낯설 수 있지만 알아 두면 유익하리라 생각한다.

조사와 결합하는 관용구

○ [과 더불어]

'더불어'는 '더불다'의 활용형으로 두 가지가 동시에 일어나거나, 두 가지를 동시에 하거나, 두 사람이 함께함을 나타내는 말로서 대체로 조사 '과'와 함께 쓰인다. 문맥상으로는 '더불어'를 빼도 의미 전달이 되지만 '더불어'를 넣으면 의미가 명확해지는 이점이 있다. 앞의 체언에 받침이 있으면 '과 더불어'가 쓰이고 받침이 없으면 '와 더불어'가 쓰인다.

- 우리는 이웃과 더불어 사는 연습을 해야 한다.
- 사람들이 추위와 더불어 굶주림으로 죽어 나가고 있다.
- 이번의 성공으로 명성과 더불어 부를 얻었다.

만추의 시

김현승

먼저 웃고

먼저 울던
시인이여
끝까지 웃고
끝내 울고 갈
시인이여

한 세대에 하나밖에 없는
언어를 잃은 시인이여

역사의 애인인 그대여
그대 영혼에게
까마귀와 더불어 울게 하라!
마지막 빈 가지에 호올로 남아
울게 하라
울게 하라
길고— 또 깊이—.

'까마귀와 더불어'는 '까마귀와 함께'의 뜻이다. '함께'는 부사여서 동작을 드러내지 못하지만 '더불어'는 동작을 내포하고 있다는 점이 다르다. 시인은 그 영혼이 까마귀와 '더불어' 울어야 하는 존재이다. 그래서 까마귀가 늦가을 마지막 빈 가지에 홀로 남아 울 때 시인도 역사의 마지막 한 장면에 홀로 남아 울어야 한다. 그것이 시인의 운명이다. 조사 '과/와'는 누구를 배제하지 않고 포함하고 동행하는 기능을 한다. 그래서 '더불어'의 대상에 쓰이기에 적합하다.

| 동사 '더불다'의 특징

동사 '더불다'의 활용형은 오직 '더불어'뿐이다. 다른 어미를 붙여서 사용하는 경우가 없다. 이런 활용을 불완전활용이라고 한다. '더불다'가 '더불어'로만 쓰이기 때문에 동사로서 기능이 매우 제한된다. 이와 비슷한 동사가 '데리다'이다. '데리다'도 '데리고'로만 활용될 뿐 다른 어미를 붙이지 못한다. 구체적인 동작을 보일 수 없는 동사의 한계일 것이다.

그래서 이런 동사는 독립성이 매우 약하다. 꼭 '과/와 더불어'나 '를/을 데리고'처럼 조사와 한 묶음으로 인식된다. 그만큼 이 단어가 불완전함을 알 수 있다. 요즘은 '더불어'의 가치가 중요하게 인식되어 그 독립성이 강화되는 느낌이 있다. '더불어 사는 사회'라거나, 심지어는 '더불어 시민사회' 같은 말이 생기고 있다. 언어의 발전 면에서 보면 바람직한 일이라고 생각한다.

◦ [나 하다]

(값이나 정도를 나타내는 체언 뒤에 쓰여) 그 정도이다. 대체로 그 정도가 높음에 놀라는 뜻을 나타낸다. 체언에 받침이 없으면 '나 하다'를 붙이고, 받침이 있으면 '이나 하다'를 붙인다. 여

기에 쓰인 '하다'는 동사이지만 어떤 동작이 드러나지 않는다. 그래서 동사라고 하기에는 그 근거가 부족함이 없지 않다. 보조사 '나'를 쓰지 않으면 가늠하는 느낌이 없을 뿐 보조사가 있으나 없으나 의미는 다르지 않다.

- 이 물건은 얼마/얼마나 합니까?
- 만 원/원이나 한다고요?
- 이건 이만 원/원을 해도 되겠어요.

이렇게 보면 '나 하다'의 구문은 직접 그 수준을 묻는 당돌함을 피하여 어감을 누그러뜨리는 기능을 함을 알 수 있다.

민들레꽃

조지훈

까닭 없이 마음 외로울 때는
노오란 민들레꽃 한 송이도
애처롭게 그리워지는데

아 얼마나 한 위로이랴
소리쳐 부를 수도 없는 이 아득한 거리에
그대 조용히 나를 찾아오느니

사랑한다는 말 이 한마디는
내 이 세상 온전히 떠난 뒤에 남을 것

잊어버린다. 못 잊어 차라리 병이 되어도
아 얼마나 한 위로이랴
그대 맑은 눈을 들어 나를 보느니

'얼마나 한 위로'는 어느 정도로 높이 매길 만한 위로인지 놀라거나 감탄하는 뜻을 나타낸다. 옷이 비싼 것이라면 '백만 원이나 한 옷을 입고 다닌다.'라고 말하고, 엄청 무거운 물고기라면 '1톤이나 한 물고기를 낚았다.'처럼 쓴다. '나 하다'는 맥락에 따라서 감탄을 나타내기도 하고, 질문하는 태도를 누그러뜨리는 기능을 하기도 한다.

○ [로 해서]

'해서'는 '하여서'가 줄어든 말인데, '어떤 장소를 거쳐서' 또는 '어떤 사실로 말미암아'의 뜻으로 쓰인다.

- 군산으로 해서 목포까지 가기로 했다.
- 그 일로 해서 결국 사달이 나고 말았다.

사랑

김수영

어둠 속에서도 불빛 속에서도 변치 않는
사랑을 배웠다 너로 해서

그러나 너의 얼굴은
어둠에서 불빛으로 넘어가는
그 찰나에 꺼졌다 살아났다
너의 얼굴은 그만큼 불안하다

번개처럼
번개처럼
금이 간 너의 얼굴은

이 시는 역설적이게도 사랑이란 변하기 쉬운 것임을 드러낸다. 그래서 변화의 순간에 사랑을 지키기 위해서 노력하는 힘도 사랑에서 나옴을 말하고 있는 것 같다.
'너로 해서'는 '너로 말미암아'의 뜻을 나타내지만 '말미암아'를 쓴 것보다 '해서'를 쓴 것이 훨씬 더 부드럽고 자연스럽다. 원인을 따지지 않은 것 같으면서 원인을 밝히는 방법으로 이 표현이 안성맞춤이다. 변치 않는 사랑을 가르쳐 준 그에게서 정작 불안한 기미를 알아챘다. 행복을 전파하는 전도사의 삶에서 불행을 본다. 그걸 위선이라고 말하지 말자. 치열하게 사랑하고자 하는 몸부림이라고 생각하자. 이것이 인생이 아닌가.

| '하다'의 대단한 쓰임새

'하다'는 가장 자주 그리고 많이 쓰이는 동사이지만 실제 구체적으로 실행하는 동작은 없고 다른 동사를 대신해 주거나 다른 단어가 갖고 있는 동작상을 펼쳐 주는 기능을 할 뿐이다. 그러다 보니 '하다'가 접미사로 쓰이는 놀라운 기능도 수행한다. '하다'가 동사나 접미사로 쓰이는 경우에 의미 차이가 거의 없다.

- 아이가 공부를 한다./ 아이가 공부한다.
- 열심히 일을 해라./ 열심히 일해라.
- 너무 책망을 하지 마라./ 너무 책망하지 마라.
- 나무를 하러 산에 갔다./ 나무하러 산에 갔다.
- 밥을 하려고 쌀을 샀다./ 밥하려고 쌀을 샀다.

위 예문에서 앞의 '하다'는 타동사로 목적어를 취하고 있으나 뒤의 '하다'는 접미사로 다른 명사에 붙어서 동사를 만드는 기능을 하고 있다. 그러나 의미는 별로 다르지 않다.

- 집이 조용하군./ 집이 조용은 하군.

• 실내가 깨끗하네./ 실내가 깨끗은 하네.

여기서는 형용사 '조용하다', '깨끗하다'에 붙은 접미사 '하다'를 독립적인 형용사처럼 쓰기도 함을 알 수 있다. 어근과 분리하여 설 수 있는 접미사가 바로 '하다'인 것이다. 이렇게 보면 국어에서 '하다'의 기능과 용도가 매우 다양하고 폭넓음을 알 수 있다. 아래의 예는 '하다'가 부사에 붙어 동사나 형용사를 만드는 경우이다.

• 그에게 가까이 가지 마라./ 그를 가까이하지 마라.
• 물을 가득 채워라./ 물이 가득하다.
• 남의 지갑을 슬쩍 훔쳤다./ 남의 지갑을 슬쩍하였다.

여기서는 '하다'가 부사와 동사를 아우르는 의미를 갖는 동사 또는 형용사를 만드는 기능을 한다. 이 밖에도 '하다'는 매우 다양한 동사와 형용사를 파생시키는 기능을 한다. '하다'의 기능을 제대로 활용하는 능력이 바로 한국어 구사 능력이라는 생각이 든다.

○ [만 하다, 만 못하다]

여기서의 '하다'는 정도를 나타내는 형용사로 쓰인 것이다. 이 경우에 반드시 보조사 '만'과 함께 쓰인다. 형용사 '하다'의

상대어가 '못하다'이다. '하다'와 '못하다'는 보조사 '만'과 함께 쓰일 때에만 그 체언의 수준이나 정도를 나타낸다. '형만 한 아우', '집채만 한 파도'처럼 쓰인다.

- 다른 나라에도 세종대왕만 한 임금이 있을까?
- 그만 한 사람을 구하기는 쉽지 않을 거야.
- 아이만 못한 어른도 많이 있다.
- 짐승만도 못한 짓을 하지 마라.
- 장사가 예전만은 못하다.

대설주의보

최승호

해일처럼 굽이치는 백색의 산들,
제설차 한 대 올 리 없는
깊은 백색의 골짜기를 메우며
굵은 눈발은 휘몰아치고,
쪼그마한 숯덩이만 한 게 짧은 날개를 파닥이며……
굴뚝새가 눈보라 속으로 날아간다.

길 잃은 등산객들 있을 듯
외딴 두메마을 길 끊어놓을 듯

은하수가 펑펑 쏟아져 날아오듯 덤벼드는 눈,
다투어 몰려오는 힘찬 눈보라의 군단,
눈보라가 내리는 백색의 계엄령.

쪼그마한 숯덩이만 한 게 짧은 날개를 파닥이며……
날아온다 꺼칠한 굴뚝새가
서둘러 뒷간에 몸을 감춘다.
그 어디에 부리부리한 솔개라도 도사리고 있다는 것일까.

길 잃고 굶주리는 산짐승들 있을 듯
눈더미의 무게로 소나무 가지들이 부러질 듯
다투어 몰려오는 힘찬 눈보라의 군단,
때죽나무와 때 끓이는 외딴집 굴뚝에
해일처럼 굽이치는 백색의 산과 골짜기에
눈보라가 내리는
백색의 계엄령.

굴뚝새의 크기와 색깔을 묘사하기 위해서 쓴 표현이 '숯덩이만 한'이다. 숯덩이는 장작보다 훨씬 작고 까맣다. 그런 숯덩이 중에서도 작은 것을 굴뚝새에 비유했기 때문에 우리는 이 새의 크기와 색을 짐작할 수 있다. 이 시는 상징 기법을 쓰고 있다. 엄청나게 내리는 눈보라를 '백색의 계엄령'이라고 했다. 또 펑펑 쏟아지는 눈보라를 '눈보라의 군단'이라고 표현했다. 이는 모두 군부 독재를 상징하는 말들이다.
여기에 '길 잃은 등산객', '길이 끊긴 두메마을', '길 잃고 굶주리는 산짐승', '눈의 무게를 못 이겨 가지가 부러지는 소나무' 는 군부 독재로 신음하는 국민들의 처지를 상징한다. 또한 '쪼그마한 숯덩이만 한 굴뚝새'는 힘없는 국민을, '부리부리한 솔개'는 군부 독재자를 나타낸다. 지금 굴뚝새는 서둘러 뒷간에 몸을 감추고 있다.
이 시는 1980년대에 쓰였기 때문에 전두환 신군부 독재 시기의 민중의 처지를 그렸다고 볼 수 있다.

| 형용사 '하다'의 특징

《표준국어대사전》에는 '하다'가 형용사가 아니라 보조형용사로 풀이되어 있다. 그러나 앞에서 설명한 바와 같이 '하다'는 형용사로 쓰인 것이 분명하다. 물론 보조형용사도 형용사의 범주 안에 드는 용어이므로 넓게 보면 《표준국어대사전》에도 '하다'를 형용사로 다루고 있다고 말할 수 있지만 형용사와 보조형용사의 기능이 조금 다르기 때문에 '하다'를 형용사로 독립하여 뜻풀이를 할 필요가 있다.
위 시에 쓰인 '숯덩이만 한'의 '한'은 형용사이므로 이에 맞는 뜻풀이가 사전에 있어야 하는 것이다. 보조형용사로서 '하다'의 용법을 검토해 보면 형용사 '하다'와의 차이가 드러난다.
아래는 '하다'가 보조형용사로 쓰인 경우이다.

- 물건이 좋기는 한데 값이 너무 비싸다.
- 실내가 좁기도 하고 무척 덥기도 하더라.
- 가만히 있기나 하면 좋겠는데.
- 몸도 아프고 하니 오늘은 집에서 쉬겠다.
- 돈도 많고 하면서 왜 그리 인색하게 구느냐.

위 예문에서 보듯이 보조형용사로 쓰이는 '하다'는 언제나 앞의 형용사에 이어져 그 형용사를 강화해 줌을 알 수 있다. 그러나 '숯덩이만 한'이나 '형만 한 아우'의 '한'은 앞에 형용사가 아니라 체언이 있고, 이 '한'은 다른 형용사를 보조하는 보조형용사가 아니라 체언을 서술하는 형용사로 기능한다. 보조형용사에는 앞에 형용사가 오지만 형용사에는 체언이 온다는 점이 다름을 알 수 있다.

어미와 결합하는 관용구

◦ [-기 십상이다]

《표준국어대사전》에는 '십상'이 '일이나 물건 따위가 어디에 꼭 맞는 것'이라고 풀이되어 있다. 관용구가 아니라도 단어 자체가 이런 뜻을 나타낸다는 말이다. 여기서는 어미 '-기'와 연결될 때 의미가 조금 더 나아가서 '당연히 그렇게 될 것임'을 나타내는 표현이 됨을 말하려 한다.

다들 그렇게 살아가고 있어

이외수

울지 말게
다들 그렇게 살아가고 있어
날마다 어둠 아래 누워 뒤척이다

아침이 오면,
개똥같은 희망 하나 가슴에 품고

다시 문을 나서지
바람이 차다고
고단한 잠에서 아직 깨어나지 않았다고
집으로 되돌아오는 사람이 있을까

산다는 건 만만치 않은 거라네
아차 하는 사이에 몸도 마음도
망가지기 십상이지
화투판 끗발처럼 어쩌다 좋은 날도
있긴 하겠지만
그거야 그때뿐이지
어느 날 큰 비가 올지
그 비에 뭐가 무너지고
뭐가 떠내려갈지 누가 알겠나
그래도 세상은 꿈꾸는 이들의 것이지
개똥같은 희망이라도
하나 품고 사는 건 행복한 거야
아무것도 기다리지 않고
사는 삶은 얼마나 불쌍한가

자, 한잔 들게나
되는 게 없다고 이놈의 세상
되는 게 하나도 없다고

술에 코 박고 우는 친구야

'망가지기 십상이지'는 망가지기 쉽다는 뜻이다. 산다는 것이 만만한 것이 아니어서 자칫하면 망가지게 되는 것이 삶이라는 말인 것이다. 그러니 몸과 마음이 망가지지 않게 하기 위해서 노력해야 하고, 그 노력 중에 하나가 조그만 희망이라도 가지고 꿈을 놓지 않고 사는 것임을 말하고 있다. 경구를 시로 승화시킨 것을 알 수 있다. 어쩌면 세상의 남자들에게 따뜻한 위로가 되는 시일지 모르겠다.

사랑할 수 있었던 것만으로도

이정하

살다 보면
사랑하면서도 끝내는
헤어질 수밖에 없는 상황에 부닥치는 경우가 많습니다.
그럴 때는 둘이 함께 도망을 가십시오.
몸은 남겨 두고 마음만 함께.
현실의 벽이 높더라도,
그것을 인식했더라도 사랑하지 않을 수 없는 사랑,
그것이야말로 진실한 사랑이지만 어찌합니까.
현실을 외면한 사랑은 두 사람이 다치기 십상인데.

나만 아플 테니 그대는 이 자리를 피하십시오.
먼저 가 있으면 언젠가 나도 따라가겠습니다.
혹시 못 가게 되더라도 상심하지 마십시오.
이 세상을 살아가면서 우리가 만날 수 있었고,
또 사랑할 수 있었다는 것만으로도 충분히 행복했으니.

'다치기 십상인데'는 '다치기 쉬운데'와 같은 뜻이다. 이루어질 수 없는 사랑을 지속하면 두 사람의 몸과 마음이 다치게 될 터이니, 마음을 바꿔 사랑은 추억으로 간직하는 것으로 만족하라고 충고하는 시로 보인다.

○ [-나 보다]

'보다'는 보조형용사로서, 앞의 동사나 형용사의 의미대로 생각하거나 짐작함을 나타낸다. 따라서 '-나 보다'는 '아마 그런 것 같다'의 의미를 갖는다. 미래 일에 대한 추측을 나타내는 경우에는 '-려나/-으려나 보다' 형태로 쓰이고, 어간에 받침이 있는 형용사 뒤에서는 '-은가 보다'의 형태로 쓰인다.

- 누가 오나 봐. (동사)
- 차 안에서 누가 음식을 먹나 보다. (동사)
- 벌써 봄이 왔나 봐. (동사)
- 눈이 오려나 보다. (동사, 미래 추측)

- 강아지가 어디가 아픈가 보다. (형용사, 받침 없음)
- 기분이 무척 좋은가 보군. (형용사, 받침 있음)
- 동생이 요즘 퍽 힘드나 봅니다. (형용사, 'ㄹ' 불규칙 활용)
- 저분이 그 애 엄마인가 봐. (서술격조사)

잊은 줄 알았는데

이명희

그런데도
가끔씩
아주아주 가끔씩

가슴이
저려오는
통증이 있습니다

잊은 줄
알았는데
아니었나 봅니다

'아니었나 봅니다'는 앞말을 부드럽게 부정하는 표현이다. '잊은 줄 알았는데, 잊은 것이 아니었습니다.'라는 것과 비교하면 표현의 강도를 짐작할 수 있을 것이다. 독백이지만 종결어미에 아주높임 어미 '-ㅂ니다'를 사용함으로써 감정을 무겁고 깊게 표현한 느낌을 준다.

가려나 봐

이정애

<u>가려나 봐</u>
사랑의 흔적 남겨 놓고
가을바람 벗 삼으며

가는 걸음 붙잡고 가지 말라 해 볼까
가는 길 막아 놓고 어리광을 부려 볼까

<u>가려나 봐</u>
나 홀로 남겨 둔 채

가슴에
그리움을 한 움큼 내려놓고
한없이
멀어지는
임의 모습 그려 보니

어느새
두 눈엔 눈물이 그렁그렁.

'가려나 봐'는 상대의 행동을 보고 내가 추측하는 표현이다. 앞의 시에서 쓰인 종결어미 '-ㅂ니다' 대신에 '-아'를 써서 심각하지 않고 비교적 경쾌한 느낌을 준다.

| 보조형용사 '보다'의 쓰임새

보조형용사는 앞의 동사나 형용사가 뜻하는 행동이나 상태를 인식하거나 의도하거나 추측하거나 그것을 이유로 삼고 있음을 나타내는 말이다. 아래 예문을 살펴보자.

- 엄마가 안 계시나 보다. (인식)
- 나 이제 회사를 그만둘까 봐. (의도)
- 네가 싫어할까 봐 말을 안 했지. (추측)
- 너무 아프다 보니 출근하지 못했어. (이유)

이에 비해서 '보다'가 보조동사로 쓰이는 경우는 아래와 같이 그 구문이 다르다. 위 예문들과 비교해 보자.

- 이 옷을 입어 봐라. (시험 삼아)
- 나도 제주도에 가 본 적이 있다. (경험)
- 배고픈데 밥이나 먹고 보자. (우선순위)

• 누구나 살다 보면 궂은일을 당한다. (깨달음)

◦ [-나 싶다, -는가 싶다]

'싶다'는 보조형용사로서 앞말을 그대로 생각하는 마음임을 나타내는 구문이다. 앞에 있는 동사를 그대로 수용하였는데 그와 어긋나는 일이 벌어졌음을 나타낸다. '이다' 서술어에는 '-ㄴ가 싶다' 구문이 사용된다.

• 드디어 떠나나 싶었는데 비 때문에 주저앉고 말았다.
• 눈이 오는가 싶더니 이내 그쳤다.
• 친구인가 싶어 보았는데 아니었다.

한 가지 소원

천상병

나의 다소 명석한 지성과 깨끗한 영혼이
흙 속에 묻혀 살과 같이
문드러지고 진물이 나 삭여진다고?

야스퍼스는
과학에게 그 자체의 의미를 물어도

절대로 대답하지 못한다고 했는데—

억지밖에 없는 엽전 세상에서
용케도 이때껏 살았나 싶다.
별다른 불만은 없지만,

똥걸레 같은 지성은 썩어 버려도
이런 시를 쓰게 하는 내 영혼은
어떻게 좀 안될지 모르겠다.

내가 죽은 여러 해 뒤에는
꾹 쥔 십 원을 슬쩍 주고는
서울길 밤버스를 내 영혼은 타고 있지 않을까?

'살았나 싶다'는 '살았다고 생각한다'의 의미를 갖는다. 결코 썩거나 문드러지지 않는 영혼을 갈망하되 세상과 단절되지 않는 영혼을 꿈꾸는 시인의 처절한 마음이 읽히는 시이다.

| 보조형용사 '싶다'의 쓰임새

'싶다'는 보조형용사로만 쓰이는 형용사이다. 주로 '-고 싶다'의 형태로 쓰이지만 그 밖에도 몇 가지 구문을 형성한다. 아래 예문을 보면서 '싶다'가 어떻게 쓰이는지 살펴보기 바란다.

- 나는 꼭 성공하고 싶다. (욕망)
- 날씨가 추울까 싶어 외투를 걸쳤다. (걱정)
- 꿈인가 싶어 볼을 꼬집어 보았다. (생각)
- 여기서 좀 쉬었으면 싶다. (바람)
- 그때는 포기할까 싶었지. (의도)

| '-성싶다'

보조형용사 '-싶다'가 다른 말과 결합하여 새로운 보조형용사를 만든 것이 '성싶다'이다. 이 말은 '성부르다'와 같은 의미와 기능을 하는데 반드시 관형사형 어미 뒤에 오는 특징이 있다.

- 밖이 소란한 걸 보니 술판이 벌어진 성싶다.
- 보아하니 나쁜 녀석은 아닌 성싶군.
- 될 성싶은 나무는 떡잎부터 알아본다.
- 일이 잘될 성싶지 않다.

○ [-나 해서]

'해서'는 '하여서'의 준말이고, 동사 '하다'의 활용형이다. '-나 해서'는 앞의 행동을 긍정하기 때문에 새로운 행동을 함을 표현할 때 쓰이는 어구이다.

- 누가 오나 해서 나와 보았다.
- 과일을 좋아하나 해서 좀 사왔다.
- 집에 있나 해서 놀러 왔을 뿐이야.
- 이게 좋지 않나 해서 가져왔다.

나그네

안도현

그대에게 가는 길이
세상에 있나 해서

길 따라 나섰다가
여기까지 왔습니다

끝없는 그리움이
나에게는 힘이 되어

내 스스로 길이 되어
그대에게 갑니다

'있나 해서'는 '있다고 생각해서', '있겠거니 생각해서'의 뜻과 같다. '있나'의 '-나'는 의문형 어미이다. 약간의 의심과 약간의 믿음을 가지고 어떤 행위를 하는 경우에 쓰는 표현이다. '있나 해서'와 '있지 않나 해서'는 같은 의미를 다르게 표현한다. 시인이 그리워한 그대가 무엇인지 알 수 없지만 적어도 그것을 찾아 시인이 꾸준히 노력하고 있음을 알 수 있다. 어쩌면 세상을 더 좋게 바꾸고자 하는 희망인지 모르겠다. 세상에 그런 길이 없다 해도 희망을 가지고 자기의 길을 가는 시인의 모습을 그려 볼 수 있다.

○ [-ㄹ/-을 듯하다, 듯싶다, 성싶다, 법하다, 뻔하다]

'듯하다, 듯싶다, 성싶다, 법하다, 뻔하다'는 모두 보조형용사이다. 이들 앞에 동사의 관형사형 어미 '-ㄹ/-을'이 붙는 것이 특이하다. 관형사형 어미 뒤에는 당연히 체언이 와야 하는데 이 경우에는 체언이 아닌 용언, 즉 보조형용사가 온 것이다. '듯하다', '듯싶다', '성싶다' 앞에서는 '-ㄹ/-을' 대신에 '-ㄴ/-는/-은'을 쓰기도 한다. 시제를 적용하기 때문이다. 문법적으로 보면 관형어가 형용사를 수식하는 형태인 것이다. 그래서 이런 관용구는 문법을 적용시키지 않고 그냥 관용적으로 쓴다고 생각하면 된다. 네 가지 관용구의 뜻은 아래와 같다.

- 듯하다: 앞 관형어의 동작이나 상태를 짐작하거나 추측하는 말. [비가 올 듯하다. 비가 오는 듯하다. 그렇게 하는 것

이 좋을 듯하다. 그렇게 해 놓으니 그게 더 좋은 듯하다.]

- 듯싶다: =듯하다. [이 상품이 더 좋은 듯싶다.]
- 성싶다: =듯싶다. [그는 괜찮은 사람인 성싶다. 금방 비가 올 성싶지는 않다.]
- 법하다: 앞 관형어가 뜻하는 상황이 실제 있거나 발생할 가능성이 있음을 나타내는 말. [그건 있을 법한 이야기이다.]
- 뻔하다: 앞 관형어가 뜻하는 상황이 실제 일어나지는 아니하였지만 그럴 가능성이 매우 높았음을 나타내는 말. [그날 너 아니었으면 큰일 날 뻔했어.]

○ **[듯하다, 듯싶다, 성싶다, 법하다, 뻔하다]**

가을 햇살 같은 그리움

김윤진

그리움을 뭉쳐놓은 것 같은
가을꽃들이 사랑을 머금고 있어요
모두 내게 다가오는 듯 느껴지는
따사로운 어느 날
심정 깊은 곳을 노크하네요
생각이 일치된 누군가가
곁에서 바라보는 듯합니다

낯설지 않은 느낌이
우리 언젠가 만난 적이 있던가요
하늘은 높아졌는데
마음은 하늘과 가까워진 기분입니다

꿈을 꾸는 것은 아니겠지요
막연히 가을 햇살 속에서
얼마나 보고 싶은지
묻고 싶은 말이 많은데
모습은 볼 수가 없네요
한 번만이라도
혹여 안 될까요

'바라보는 듯합니다'는 '바라보는 것 같습니다'와 같은 뜻으로 추측하는 의미를 나타낸다. 추측은 생각만으로 짐작하는 행위이므로 확인된 사실이거나 자기가 직접 보거나 행한 것이 아니면 이처럼 추측하는 말로 표현한다. 사정이 이렇다면 아래 시에 쓰인 '-는 듯하다'는 생각해 볼 여지를 남긴다.

봄의 속삭임

김인숙

싱그런 바람과
따스한 봄빛이 어서 빨리
초록 새싹 내어놓으라 흔들고 있어요

나무에 가만히 귀 대보니
긴긴 겨울잠에서 깨어나
기지개 켜는 소리 들립니다

가만히 땅에 엎드려 귀 기울여 보아요
봄바람의 입맞춤으로 땅속에서 꿈틀대는
여린 새싹들의 숨소리가 들리는 듯합니다.

겨우내 움츠렸던 초록 풀잎들의
신비로운 생명의 꽃을 피우는 봄입니다.

따스한 봄 햇살에
가슴까지 보여주는 나무들과 풀잎들

봄이 되었으니
겨우내 숨겨둔 내 가슴 하얀 속살도

살짝 보여주라 속이며 윙크하네요

‘숨소리가 들리는 듯합니다.’는 ‘숨소리가 들리는 것 같습니다.’의 뜻을 갖는다. 여기서 ‘들리는 듯합니다.’라고 말할 수 있는 사람은 귀를 기울인 사람이다. ‘귀를 기울여 들어 보니 새싹들의 숨소리가 들리는 듯합니다.’처럼 되는 것이다. 따라서 상대에게 귀를 기울여 보라고 권한 사람이 쓰면 어색한 표현이 된다. ‘귀 기울여 보아요.’라고 말했으면 ‘새싹들의 숨소리가 들릴 겁니다.’처럼 추측성 표현을 하는 것이 맞을 것 같다.

| ‘관형어+보조용언’ 구조의 파생어

앞에서 제시한 다섯 가지 ‘관형어+보조형용사’ 구조로 된 파생어 외에도 ‘관형어+보조용언’ 구조의 파생어가 몇 개 더 있다. 아래에 그것들을 제시한다.

① ‘관형어+보조동사’ 구조

- -ㄴ/-은 척하다: 너는 잘 모르면서 아는 척하지 마라.
- -ㄴ/-은 체하다: 그는 나를 보았으면서도 못 본 체했다.

② ‘관형어+보조형용사’ 구조

- ㄹ/-을 만하다: 이곳 경치는 구경할 만하다.
- -ㄹ/-을 성부르다: 그는 언제나 이길 성부른 편에 선다.

◦ [-ㄹ 일이다]

'-ㄹ 일이다'의 '일'은 원래 구체적인 활동을 가리키는 명사이지만 이 관용구에 쓰인 '일'은 그 뜻과는 별로 관계없이 관용구를 만드는 데 쓰였다. 어미 '-ㄹ'과 함께 쓰여 마땅히 그렇게 하여야 함을 나타내는 관용구를 만든 것이다. '무엇을 하라'처럼 명령할 것을 완곡하게 표현한 것으로 보면 될 것 같다. '-ㄹ 일이다'는 어간에 받침이 없는 용언 뒤에 쓰고, 어간에 받침이 있으면 '-을 일이다'를 쓴다.

- 모른 척할 일이지, 나서기는 왜 나서니? (받침 없음)
- 먹으라면 먹을 일이지. (받침 있음)
- 강력히 단결하여 승리를 쟁취할 일이다. (받침 없음)

그 마음에는

신석정

그 사사스러운 일로
정히 닦아온 마음에
얼룩진 그림자를 보내지 말라.

그 마음에는

한 그루 나무를 심어
꽃을 피게 할 일이요

한 마리
학으로 하여
노래를 부르게 할 일이다.

대숲에
자취 없이
바람이 쉬어 가고

구름도
흔적 없이
하늘을 지나가듯

어둡고
흐린 날에도
흔들리지 않도록 받들어

그 마음에는
한 마리 작은 나비도
너그럽게 쉬어 가게 하라.

이 시는 자연에 가까이 다가갈 수 있는 마음을 갖도록 하라는 권고를 표현했다고 본다. '꽃을 피게 할 일이요'는 마땅히 꽃을 피게 해야 함을 말하고, '노래를 부르게 할 일이다'는 마땅히 노래를 부르게 해야 함을 나타낸다.
시인은 정히 닦아 온 마음에 꽃이 피게 하고, 학이 노래하게 하고, 바람이 쉬어 가게 하고, 한 마리 나비도 쉬어 가게 하라고 권한다. 자연과 멀어져 가는 현대인에게 옛 시인이 신선한 시를 선사해 둔 것 같다. 이 시인은 자연을 사랑하고 아끼면서 이에 동화되는 삶을 사는 것을 지향하는, 요즘 말로 생태주의 시인이 아니었을까.
아래 시에서 '-ㄹ 일이다'는 '-ㄹ지'나 '-는지'와 함께 쓰여 앞의 추측을 강화하고 있다. 즉, '나무였을지도 모를 일이다'는 '나무였을지도 모른다'의 뜻으로, '있을지도 모를 일이다'는 '있을지도 모른다'의 뜻으로, '걸어왔는지 모를 일이다'는 '걸어왔는지 모른다'의 뜻으로 쓰인 것이다. '모른다' 대신에 '모를 일이다'를 쓴 것은 '모른다'가 주체의 추측을 나타내기 때문에 이를 피하고자 했을 것이다.

보리수 밑을 그냥 지나치다

한혜영

가로등 너는 아득한 전생에

보리수나무였을지도 모를 일이다
뜨거운 발등 앞에 가부좌를 틀고 있는
석가를 물끄러미 굽어본 적이
있을지도 모를 일이다 그러다
고요히 흘러넘치는 그의 뇌수를
딱 한 방울 맛본 힘으로
무소의 뿔처럼 혼자서 여기까지
걸어왔는지 모를 일이다

가로등 황금열매가 실하게 익어 가는 밤
설령 네가 그 날의 보리수였다고 해도
기대하지는 마라
이 시대에 누가 네 앞에 가부좌를 틀고
부처가 되려고 하겠느냐?
너를 붙들고 오열하다가 발등
왈칵 더럽히는 석가들이 있을 뿐,
어쩌다 심각한 표정으로 혼자 가는 중생
있다손 치더라도
그는 전생에 너를 몰라보고 끄덕끄덕
보리수 밑을 찾아가는 중일 것이다

○ [-ㄹ까 보다, -ㄹ까 봐/봐서]

'-ㄹ까 보다'는 문장 끝에 쓰여, 동사의 내용에 따라서 그럴 의도를 나타낸다. 이에 비해서 '-ㄹ까 봐/봐서'는 문장 가운데 쓰여, 그렇게 할지 몰라 걱정이 됨을 의미한다. '-ㄹ까 봐/봐서'의 뒤에 오는 말의 이유를 제시하는 내용이 된다. 어간의 끝음절에 받침이 있고 없음에 따라서 '-ㄹ까/-을까'를 선택하여 사용한다.

- 비가 오니 하루 쉴까 보다. (의도)
- 이 일을 그만둘까 봐. (의도)
- 네가 거부할까 봐 걱정했다. (불안)
- 둘이 만나면 싸울까 봐서 늘 걱정했다. (불안)
- 아이들이 먹을까 봐 서랍에 넣어 놓았어. (불안)
- 강아지가 죽을까 봐서 걱정되더라. (불안)

말하지 않은 말

유안진

말하고 나면
속이 텡 비어 버릴까 봐
나 혼자만의 특수성이

보편성이 되어 버릴까 봐
숭고하고 영원할 것이
순간적인 단맛으로 전락해 버릴까 봐서
거리마다 술집마다 아우성치는 삼사류로
오염될까 봐서
'사랑한다' 참 뜨거운 이 한마디를
입에 담지 않는 거다
참고 참아서 씨앗으로 영글어
저 돌의 심장부도 속에 고이 모셔져서
뜨거운 말씀의 사리가 되어라고.

이 시는 사랑한다는 말을 입에 담지 않은 이유를 '-ㄹ까 봐서'의 구문을 이용해서 잇달아 제시한 것이 특징이다. 사랑을 자기만의 특별한 가치로 간직하려는 시인의 마음이 표현된 시이다. '말씀의 사리'라는 표현이 '사랑한다'를 말하지 않는 수많은 이유를 집약하여 나타내는 것 같다.

◦ [-ㄹ지 몰라]

앞말에 대한 확신 없이 긍정하는 뜻을 에둘러 나타낸다. '아마 그럴 것임'을 넌지시 표현하는 말이기도 하다.

하늘 2

김동명

하늘은
바다,
나는 바다를 향해 선 위대한 낭만주의자다.

예서 한번 후울쩍 다이빙을 한다면
구름은 물거품같이 발길에 채여 부서질지 몰라.
별들이 조개같이 손아귀에 쥐여질지 몰라.

내 창망한 대기의 정기를 가져 움켜 눈을 씻고,
영원과 마주 서노니……

'부서질지 몰라'는 부서질 수 있다는 뜻이고, '쥐여질지 몰라'는 쥐여질 수도 있다는 뜻이다. 구름이 발길에 채여 부서지고, 별들이 손아귀에 쥐여지는 일이 낭만주의 시인에게는 일어날 수 있을 것 같다.

○ [-면 -ㄹ수록]

동사를 점점 더 자주 또는 더 심하게 함을 나타낸다. 언제나 같은 동사를 사용해야 한다. 받침이 있는 어간 뒤에는 '-으면

-을수록'을 쓴다.

- 이 꽃은 보면 볼수록 아름답다. (받침 없음)
- 날은 갈면 갈수록 더 날카로워진다. ('ㄹ' 받침)
- 들으면 들을수록 정다운 이름. (받침 있음)
- 맞으면 맞을수록 강해지는 사람들. (받침 있음)

너의 이름을 부르면

신달자

내가 울 때 왜 너는 없을까
배고픈 늦은 밤에
울음을 참아 내면서
너를 찾지만
이미 너는 내 어두운
표정 밖으로 사라져 버린다

같이 울기 위해서
너를 사랑한 건 아니지만
이름을 부르면
이름을 부를수록
너는 멀리 있고

내 울음은 깊어만 간다

같이 울기 위해서
너를 사랑한 건 아니지만

'이름을 부르면 이름을 부를수록'에서 이름이 두 번 쓰였다. 이는 시의 특성상 자구를 맞추기 위한 방편일 것이다. 이름을 부르면 부를수록 그 이름이 더욱 그리워지고 간절해짐을 느끼게 하는 시이다. '내가 울 때 왜 너는 없을까'에서 '너의 부재'를 안타까워하는 시인의 마음을 잘 읽을 수 있다. 어떤 말로 스스로 위안을 삼으려 하든 '너의 부재'는 시인에게 큰 그리움이 되고 있다. '같이 울기 위해서/ 너를 사랑한 건 아니지만'은 거의 반어법적 표현이다. 같이 울 수 있어야 사랑하는 사람이 아닌가!

○ [-면 뭐/뭣 해]

원래 어떤 행동을 해야 하는지 묻는 말이지만 관용적으로는 그 행동을 하는 것이 무슨 쓸모가 있느냐고 물으면서 내심 그 행동이 별 소용이 없음을 나타내는 데 쓰인다. '뭐'는 '무어', '뭣'은 '무엇'의 준말인데, '무어'나 '무엇'은 같은 말이다. 따라서 '뭐'와 '뭣'도 같은 말이다. 이 관용구는 비격식체 두루낮춤으로 쓰인 것이고, 해요체 두루높임을 쓰면 '-면 뭐/뭣 해요'가 되고, 격식체로 바꾸면 높임법에 따라서 '-면 뭐/뭣 하니', '-면 뭐/뭣 하는가', '-면 뭐/뭣 하오', '-면 뭐/뭣 합니까'를 쓴다. 받침이 있는 어간에는 '-으면 뭐/뭣 해'를 쓴다.

- 이제 와서 사과하면 뭐 해. (해체)
- 이미 늦었는데 지금 가면 뭐 해요. (해요체)
- 놀면 뭐 하니, 한 푼이라도 벌어야지. (해라체)
- 그런 걸 받으면 뭐 하오. (하오체)
- 일이 어그러진 마당에 서로 남 탓하면 뭐 합니까. (하십시오체)

시인에게

이상화

한 편의 시 그것으로
새로운 세계 하나를 낳아야 할 줄 깨칠 그때라야
시인아 너의 존재가
비로소 우주에게 없지 못할 너로 알려질 것이다
가뭄 든 논에는 청개구리의 울음이 있어야 하듯

새 세계란 속에서도
마음과 몸이 갈려 사는 줄풍류만 나와 보아라
시인아 너의 목숨은

진저리나는 절름발이 노릇을 아직도 하는 것이다
언제든지 일식된 해가 돋으면 뭘 하며 진들 어떠랴

시인아 너의 영광은
미친개 꼬리도 밟는 어린애의 짬 없는 그 마음이 되어
밤이라도 낮이라도
새 세계를 낳으려 손대 자국이 시가 될 때에 있다
촛불로 날아들어 죽어도 아름다운 나비를 보아라

'해가 돋으면 뭘 하며 진들 어떠랴'는 해가 돋든 지든 상관없다는 표현이다. '진들 어떠랴'를 삭제해도 의미는 크게 다르지 않다. 이 시는 시인의 존재 가치와 사회적 사명을 제시한 내용으로 되어 있다. 마지막 연에 '새 세계를 낳으려 손댄 자국이 시가 될 때' 시인이 영광을 얻음을 설파하고 있다. 이를 위해서 목숨을 내놓을 작정을 하여야 한다는 것이다. 그저 그런 시나 말의 유희가 되는 시를 짓지 말고, 새로운 세계를 열 수 있는 시를 짓는 데 목숨을 걸라는 충고이다.

| 조사와 어미를 사용해서 관용구를 제시하는 것은

내가 조사와 어미를 사용하여 관용구를 제시하는 이유는 명확하다. 관용구를 만드는 데 조사와 어미가 중요한 구실을 하기 때문이다. 우리는 너무나 일상적인 표현이어서 관용구라는 인식도 없이 쓰는 수많은 말이 사실은 그 조사와 어미가 있기 때문에 관용구가 형성된 것이다. '쉽다' 앞에 명사 전성어미 '-기'가 오지 않으면 말이 되지 않는다. '다르다' 앞에 조사 '와/과'가 오지 않으면 다른 대상을 말할 수 없다.
따라서 해당 조사와 어미를 연결하여 익히는 것이 중요하다. 이 책에 제시한 관용구는 조사와 어미가 관계하여 만들어진 수많은 관용구의 지극히 일부에 지나지 않는다. 모든 국어사전에는 조사나 어미가 관계된 관용구가 제시되어 있다. 다만, 관용구라는 독립한 용어로 제시하지 않고 조사나 어미를 설명하는 말 앞에 괄호로 묶어서 처리한다. 국어사전을 읽을 때 그 부분을 눈여겨보면 관용구의 실체를 어느 정도 파악할 수 있을 것이다.

○ [-어야/-아야 하다]

앞말의 행동을 하거나 그런 상태가 되도록 힘을 쓸 필요가 있음을 나타내는 표현이다. 때로는 자기 주장을 강력하게 나타낼 때나 상대에게 강압적으로 요구할 때 쓰인다. 어간이 양성모음 'ㅏ'와 'ㅗ'이면 '-아야 하다'가 쓰이고, 그 외의 경우에는 '-어야 하다'가 쓰인다. '하다' 대신에 '되다'를 쓸 수도 있는데 의미 차이는 없지만 능동적 또는 수동적 어감 차이는 있다.

• 어디로 가야 하나.

- 이 일을 언제까지 끝내야 하지.
- 오늘까지 서류를 보내야 한다.
- 네가 이 일을 맡아야 하지 않겠니?
- 여기서 하룻밤 묵어야 한다.

목마와 숙녀

박인환

한 잔의 술을 마시고
우리는 버지니아 울프의 생애와
목마를 타고 떠난 숙녀의 옷자락을 이야기한다
목마는 주인을 버리고 거저 방울 소리만 울리며
가을 속으로 떠났다 술병에서 별이 떨어진다
상심한 별은 내 가슴에 가벼웁게 부숴진다
그러한 잠시 내가 알던 소녀는
정원의 초목 옆에서 자라고
문학이 죽고 인생이 죽고
사랑의 진리마저 애증의 그림자를 버릴 때
목마를 탄 사랑의 사람은 보이지 않는다
세월은 가고 오는 것
한때는 고립을 피하여 시들어 가고
이제 우리는 작별하여야 한다

술병이 바람에 쓰러지는 소리를 들으며
늙은 여류 작가의 눈을 바라다보아야 한다
……등대에……
불이 보이지 않아도
거저 간직한 페시미즘의 미래를 위하여
우리는 처량한 목마 소리를 기억하여야 한다
모든 것이 떠나든 죽든
거저 가슴에 남은 희미한 의식을 붙잡고
우리는 버지니아 울프의 서러운 이야기를 들어야 한다
두 개의 바위틈을 지나 청춘을 찾은 뱀과 같이
눈을 뜨고 한 잔의 술을 마셔야 한다
인생은 외롭지도 않고
거저 잡지의 표지처럼 통속하거늘
한탄할 그 무엇이 무서워서 우리는 떠나는 것일까
목마는 하늘에 있고
방울 소리는 귓전에 철렁거리는데
가을바람 소리는
내 쓰러진 술병 속에서 목메어 우는데

이 시가 쓰인 것은 1955년으로 전쟁 후 사회가 전반적으로 침울하여 지식인들이 탈출구를 찾기 어려운 시기였다. 특히 당시 젊은 작가들의 우상이었던 버지니아 울프가 성폭행의 트라우마를 견디지 못하고 템스강에 투신하여 죽은 것에 무척 상심한 시인이 이 시를 지은 것으로 알려졌다. 이 시에서 '-어야 한다'의 표현이 많이 나온 것은 버지니아 울프의 삶에서 교훈을 얻어 그의 뜻을 세상에 펼칠 것을 강하게 주문하기 위함인 것으로 보인다. 그러나 페미니스트로서 활동하기도 전에 서른한 살에 요절하고 말았으니 안타까운 일이 아닐 수 없다.

사북을 떠나며

정호승

술국을 먹고
어둠 속을 털고 일어나
이제는 어디로 가야 하는 것일까
어린 두 아들의 야윈 손을 잡고
검은 산 검은 강을 건너
이 사슬의 땅 마른 풀섶을 헤치며
이제는 어디로 가야 하는 것일까
산은 갈수록 점점 낮아지고
새벽하늘은 보이지 않는데
사북을 지나고 태백을 지나
철없이 또 봄눈은 내리는구나
아들아 배고파 울던 내 아들아

병든 애비의 보상금을 가로채고
더러운 물 더러운 사랑이 흐르는 곳으로
달아난 네 에미는 돌아오지 않고
날마다 무너지는 하늘 아래
지금은 또 어느 곳
어느 산을 향해 가야 하는 것일까
오늘도 눈물바람은 그치지 않고
석탄과 자갈 사이에서 피어나던
조그만 행복의 꽃은 피어나지 않는데
또다시 불타는 산 하나 만나기 위해
빼앗긴 산 빼앗긴 사랑을 찾아
조그만 술집 희미한 등불 곁에서
새벽 술국을 먹으며 사북을 떠난다
그리운 아버지의 꿈을 위하여
오늘보다 더 낮은 땅을 위하여

이 시에서 '가야 하는 것일까'는 '가야 할까'의 의미를 더 강하게 표현하는 방식이다. 여기서는 자기의 생각을 확정하지 못하였음을 나타내는 표현으로 쓰였다.

3장

시로 수사법 익히기

수사법의 종류

수사법은 시를 예술로 만들어 주는 아주 중요한 수단의 하나이다. 그것은 마치 인간의 일상적인 몸짓이 상징성을 갖출 때 춤이라는 예술로 변하는 것과 같은 이치이다. 평범한 문장이 시가 되어 가는 과정에는 반드시 수사법이 관여한다. 이에 비유법과 강조법, 변화법 등의 주요 수사법이 시에서 어떻게 쓰이는지 살펴보겠다.

수사법		
비유법	강조법	변화법
직유법	과장법	반어법
은유법	반복법	대구법
대유법(환유법, 제유법)	열거법	설의법
활유법	대조법	
풍유법		
중의법		

비유법

사물을 묘사할 때 그 사물의 모양이나 특성을 자세히 설명해야 하는데 이런 설명을 하지 않고 한마디로 그 사물의 특성을 이해시키는 비법이 있다. 바로 비유법이다. 우리 동요에 보름달의 모양을 그냥 '둥근 달'이라고 하지 않고 '쟁반같이 둥근 달'이라고 함으로써 보름달의 둥근 모양을 인상적으로 표현한다. 이런 기법을 비유법이라고 부른다.
'쟁반같이 둥근 달'처럼 직접 비유하지 않고 '하늘에는 밝은 쟁반이 떠 있다.'라고 하여 달을 '밝은 쟁반'이라고 표현하는 방법도 그럴듯하다. 이것도 달을 쟁반에 비유하는 것이지만 달과 쟁반을 직접 드러내지 않은 차이가 있다. 비유하는 기법에 차이가 있는 것이다. 비유법에는 비유하는 기법에 따라서 직유법, 은유법, 대유법, 활유법, 풍유법, 중의법 등이 있다.

○ 직유법

설명하고 싶은 대상과 빗대어 설명하려는 대상을 직접 내세워서 비교하는 표현법이다. 앞에서 '쟁반같이 둥근 달'처럼

'쟁반'과 '달'을 직접 비교함으로써 달의 모양을 설명하는 기법이 직유법이다. 직유법은 비교하기 위해서 내세우는 대상에 '처럼', '같이' 등의 조사나 '-듯', '-듯이' 같은 어미, 또는 '같은', '인 양', '할 양' 같은 표현을 붙여서 나타낸다.

- 장대처럼 쏟아지는 비
- 수정 같은 눈망울
- 당장이라도 비가 쏟아질 듯이 찌푸린 하늘
- 마치 대장인 양 행세한다.

아래 시에 쓰인 직유법을 감상해 보자.

나그네

박목월

강나루 건너서
밀밭 길을

구름에 달 가듯이
가는 나그네

길은 외줄기

남도 삼백 리

술 익은 마을마다
타는 저녁놀

구름에 달 가듯이
가는 나그네

'구름에 달 가듯이'가 '가는'을 꾸미는데 직접적으로 꾸밈을 알 수 있다. '구름에 달이 가는 것처럼' 나그네가 간다는 표현인 것이다. '구름에 달 가듯이'는 아마 '정처 없이' 구름이 흘러가는 대로 가는 이미지를 나타냈을 것이다.
이 시의 나그네가 누구를 상징하는지 혼선이 있다. 일부에서는 나라를 잃은 우리 민족을 상징한다고 보기도 한다. 그러나 이 시가 조지훈의 〈완화삼〉에 화답한 시라는 점을 감안하면 조지훈의 시에 등장한 '나그네'와 이미지가 동일할 것으로 볼 수 있다. 그런 점에서 자연을 벗 삼았던 시인 자신을 형상화한 것이 아닐까 생각한다.
이 시의 표현법으로 중요한 것은 반복법을 사용한 점이다. '구름에 달 가듯이/ 가는 나그네'를 반복함으로써 나그네의 이미지를 강화한 점이 돋보인다.

연정

피천득

따스한 차 한 잔에
토스트 한 조각만 못한 것

포근하고 아늑한
장갑 한 짝만 못한 것

잠깐 들렀던 도시와 같이
어쩌다 생각나는 것

이 시에서 '연정'을 '잠깐 들렀던 도시와 같이 어쩌다 생각나는 것'이라고 하여 '잠깐 들렀던 도시'에 빗댄 비유가 참 재미있다. 그런 도시는 문득 생각났다가 이내 생각 밖으로 사라질 것이라며 연정도 그런 것이라고 말한다.
시인의 말처럼 다시 꼭 가 보고 싶은 간절한 마음이 들지 않고, 문득문득 생각날 정도에 지나지 않는 것이 연정일까?

광화문

박정만

무지개같이
여기 오면 너도 나도 어쩔 수 없이
금쪽같이
눈부신 눈부신 햇무리같이

변하지는 않고 변하는 것같이
피리 속에 뜨는 피리소리같이
눈물 속에 어리는 소금맛같이
어룽어룽 눈 어리는 소금과 같이

옥비녀같이
여기 오면 너도 나도 어쩔 수 없이
감쪽같이
눈부신 눈부신 어둠과 같이.

이 시는 모두 직유법으로 구성되어 있다. 이렇게 함으로써 '눈부신 햇무리'와 '눈부신 어둠'을 선명하게 대비하고자 한 것 같다. 광화문은 사람들을 금쪽같은 사람으로 존귀하게 만든다. 마치 눈부신 햇무리같이. 내가 광화문에 나가면 나는 어떤 사람이 될까? 나도 다른 사람처럼 눈부신 햇무리같이 고귀해질까? 시인은 '눈부신 어둠'이 되리라고 말한다. '눈부신 어둠'이란 아마 머지않아 솟아날 찬란한 태양을 품은 어둠이 아닐까 생각해 본다. 그래서 광화문에 가면 누구나 존귀하게 된다.

○ 은유법

직유법과 대조되며 암유법이라고도 한다. 직유법에서는 '무엇 같은 이것'이라고 해서 '이것'을 '무엇'에 비유하는데, 은유법에서는 '이것'을 드러내지 않고 그냥 '무엇'만을 마치 '이것'인 것처럼 사용한다. 그러면 독자는 알아서 '무엇'을 '이것'으로 이해한다. 앞에서 설명한 '하늘에는 밝은 쟁반이 떠 있다.'라고 하여 달을 밝은 쟁반에 비유하는 기법이 은유법이다. 아래 문장에서 사용한 '새싹', '기둥', '꽃' 같은 개념이 무엇을 은유하는지 생각해 보자.

- 귀여운 새싹들아, 무럭무럭 자라라. (새싹=어린이)
- 여러분은 나라의 기둥이라. (기둥=떠받치는 사람, 젊은이)
- 아, 꽃들에 둘러싸인 이 기분. (꽃=여자)

이처럼 우리는 어린이를 새싹으로, 젊은이를 기둥으로, 여자를 꽃으로 비유하는 기법을 사용하여 글을 색다르고 신선하게 만들 수 있다.

벗

조병화

벗은 존재의 숙소이다
그 등불이다
그 휴식이다
그리고
보이지 않는 먼 내일에의 여행
그 저린 뜨거운 눈물이다
그 손짓이다
오늘 이 아타미 해변
태양의 화석처럼
우리들 모여
어제를 이야기하며 오늘을 나눈다
그리고, 또
내일 뜬다

이 시는 은유의 향연이라고 할 만하다. '벗'은 '존재의 숙소', '등불', '휴식', '여행', '눈물', '손짓'으로 은유되고 있다. 이것들의 어떤 속성이 서로 통하는지 독자들이 유추하고 감상해야 할 것이다. 시에 적힌 아타미는 일본 시즈오카현 이즈 반도에 있는 유명한 온천 관광 도시이다. 이곳 해변에 벗들이 모여서 이야기를 나누고 있다. 그런 벗들이 아마 은유의 대상이 되었을 것이다. 이들 은유에 어떤 의미가 포함되어 있을까.

깃발

유치환

이것은 소리 없는 아우성
저 푸른 해원(海原)을 향하여 흔드는
영원한 노스탤지어의 손수건
순정은 물결같이 바람에 나부끼고
오로지 맑고 곧은 이념의 푯대 끝에
애수(哀愁)는 백로처럼 날개를 펴다.
아아, 누구던가
이렇게 슬프고도 애달픈 마음을
맨 처음 공중에 달 줄을 안 그는.

은유법을 가장 파격적으로 사용한 시이다. '깃발'에서 '아우성'을 듣는 것은 시인의 놀랄 만한 상상력과 감수성을 잘 드러냈다고 하겠다. 깃발을 '노스탤지어의 손수건'에 비유한 것과 애달픈 마음이 공중에 달린 것으로 본 것도 시인의 조국과 동포에 대한 깊은 생각을 드러낸다.

여승

백석

여승은 합장하고 절을 했다
가지취의 냄새가 났다
쓸쓸한 낯이 옛날같이 늙었다
나는 불경처럼 서러워졌다

평안도의 어느 산 깊은 금점판
나는 파리한 여인에게서 옥수수를 샀다
여인은 나 어린 딸아이를 때리며 가을밤같이 차게 울었다

섶벌같이 나아간 지아비 기다려 십년이 갔다
지아비는 돌아오지 않고
어린 딸은 도라지꽃이 좋아 돌무덤으로 갔다

산꿩도 섧게 우는 슬픈 날이 있었다
산절의 마당귀에 여인의 머리오리가 눈물방울과 같이 떨어진 날이 있었다

한 여인이 돈벌이 나간 지아비를 기다리다 지쳐 어린 딸을 데리고 금점판에서 옥수수 장사를 하는 모진 삶을 살다가 딸이 죽자 여승이 된 이야기를 시로 읊고 있다. 시인은 여자가

옥수수 장사를 하고 있을 때 만났고 오랜 세월 뒤 여승이 되어서 다시 만났다. 그사이에 여인의 어린 딸은 모진 삶을 이겨 내지 못하고 죽었다. 여인은 딸을 묻고 돌무더기로 무덤을 만들었다. 아마 그 돌무덤에 도라지꽃이 피어 있었을 것이다.
이 시에서 은유법의 백미는 아이의 죽음을 '어린 딸은 도라지꽃이 좋아 돌무덤으로 갔다'라고 표현한 것이다. 가슴 아픈 죽음을 이처럼 격조 높게 만들 수 있는 것은 은유법 덕이라고 해도 될 것 같다.

○ 대유법

사물의 명칭을 직접 쓰지 않고 사물의 일부나 특징을 들어서 그 자체나 전체를 나타내는 비유법으로, 환유법과 제유법이 있다.

환유법: 사물의 속성과 밀접한 관련이 있는 다른 낱말을 빌려 와 비유하는 수사법이다. 하나의 관념을 연상시키는 그 무엇으로 그 관념을 인식하도록 표현하는 것이다. '파란 눈'은 서양인을, '청와대'는 대통령을 가리키는 방식이 환유에 해당한다. 환유의 예를 몇 가지 들어 보겠다.

• 요람에서 무덤까지 보장한다. (요람 → 탄생, 무덤 → 죽음)

- 회의장에는 수많은 별들이 떴다. (별 → 장군)
- 나를 바지저고리 취급한다. (바지저고리 → 허수아비)
- 어제 집에 밤손님이 왔다 갔다. (밤손님 → 도둑)
- 백의민족의 저력을 발휘한 것이다. (백의민족 → 한민족)
- 그 일로 시인은 붓을 꺾었다. (붓을 꺾다 → 글쓰기 중단)

남사당

노천명

나는 얼굴에 분칠을 하고,
삼단 같은 머리를 땋아내린 사나이.

초립에 쾌자를 걸친 조라치들이
날라리를 부는 저녁이면
다홍치마를 두르고 나는 향단이가 된다.

이리하여 장터 어느 넓은 마당을 빌어
램프 불을 돋운 포장 속에선
내 남성(男聲)이 십분 굴욕되다.

산 넘어 지나온 저 촌엔
은반지를 사주고 싶은

고운 처녀도 있었건만,

다음 날이면 떠남을 짓는
처녀야!
나는 집시의 피였다.
내일은 또 어느 동리로 들어간다냐.

우리들의 도구(道具)를 실은
노새의 뒤를 따라
산딸기의 이슬을 털며
길에 오르는 새벽은

구경꾼을 모으는 날라리 소리처럼
슬픔과 기쁨이 섞여 핀다.

한곳에 머물지 못하고 이곳저곳을 떠돌며 공연을 이어 가는 남사당패는 자신들을 집시로 비유했다. '집시'는 일정한 거주지가 없이 항상 이동하면서 생활하는 사람들을 가리키는 말이다. 남사당의 떠돌이 특성을 활용하여 같은 특성을 가진 집시로 남사당을 비유한 것이다. 이 시는 남사당으로 사는 한 남성의 애환을 그린 작품이다. 시인이 어렸을 때 아들을 바라던 부모의 영향으로 남장을 한 굴욕(?)을 생각하며 반대의 경우를 떠올린 것이 아닌지 모르겠다. 혹 남사당의 굴욕이 일제 강점기 친일 부역 활동을 벌였던 자신의 굴욕적 삶에 잇닿아 있지 않은지 모르겠다.

전라도 가시내

이용악

알룩조개에 입 맞추며 자랐나
눈이 바다처럼 푸를뿐더러 까무스레한 네 얼굴
가시내야
나는 발을 얼구며
무쇠 다리를 건너온 함경도 사내

바람 소리도 호개도 인전 무섭지 않다만
어두운 등불 밑 안개처럼 자욱한 시름을 달게 마시련다만
어디서 흉참한 기별이 뛰어들 것만 같애
두터운 벽도 이웃도 못 미더운 북간도 술막

온갖 방자의 말을 품고 왔다
눈보라를 뚫고 왔다
가시내야
너의 가슴 그늘진 숲속을 기어간 오솔길을 나는 헤매이자
술을 부어 남실남실 술을 따라

가난한 이야기에 고이 잠거 다오

네 두만강을 건너왔다는 석 달 전이면
단풍이 물들어 천 리 천 리 또 천 리 산마다 불탔을 겐데
그래도 외로워서 슬퍼서 치마폭으로 얼굴을 가렸더냐
두 낮 두 밤을 두루미처럼 울어 울어
불술기 구름 속을 달리는 양 유리창이 흐리더냐

차알삭 부서지는 파도 소리에 취한 듯
때로 싸늘한 웃음이 소리 없이 새기는 보조개
가시내야
울 듯 울 듯 울지 않는 전라도 가시내야
두어 마디 너의 사투리로 때아닌 봄을 불러 줄게
손때 수줍은 분홍 댕기 휘휘 날리며
잠깐 너의 나라로 돌아가거라

이윽고 얼음길이 밝으면
나는 눈보라 휘감아치는 벌판에 우줄우줄 나설 게다
노래도 없이 사라질 게다
자욱도 없이 사라질 게다

나라를 빼앗긴 식민지 백성으로 살던 전라도 처녀와 함경도 총각이 북간도의 한 술막(주막)에서 만나 이야기를 나눈다. 총

각은 북간도를 떠돌다가 우연히 이 술막에 들렀을 것이다. 그리고 날이 새면 다시 길을 재촉해야 할 것이다. 그들은 술잔을 나누며 지나온 이야기를 나눈다. 사내가 처녀에게 깜짝 놀랄 선물을 준다.

그 부분이 이 시의 백미라고 할 수 있다. 밑줄 친 부분이 그것인데, 함경도 사내가 전라도 처녀에게 전라도 사투리로 '때 이른 봄을 불러 주겠다'고 한 이 부분에 대단한 비유가 숨어 있다. 처녀는 단풍이 한창일 때 북간도에 왔지만 치마폭으로 얼굴을 가리고 왔기 때문에 단풍을 보지 못했다. 그런 처녀에게 사내는 '봄을 불러 주겠다'고 한다.

여기서 '봄'은 계절의 봄이 아니라 봄처럼 따뜻한 고향의 정을 가리킨다. '불러 주겠다'는 말도 노래를 부르겠다는 말이 아니라, 처녀가 잠시나마 '고향을 떠돌리도록' 전라도 사투리를 몇 마디 하겠다는 것이다. 탁월한 비유가 아닐 수 없다. 시인은 언어의 힘을 인지하고 있음을 알 수 있다. 즉, 고향에서 쓰던 사투리 몇 마디만으로도 고향을 느낄 수 있음을 잘 아는 것이다.

제유법: 같은 종류의 사물 중에서 어느 한 부분을 들어 전체를 나타내는 비유법이다. 예를 들어 빵으로 음식 전체를 가리키고, 서울로 대한민국 전체를 가리키는 기법을 제유법이라고 한다. 아래에 제유법으로 흔히 쓰는 예를 들어 보겠다.

- 선생님은 약주를 자주 드셨다. (약주 → 술)
- 도와줄 손발이 모자란다. (손발 → 사람)
- 식당에서는 미원을 많이 쓴다. (미원 → 조미료)

빼앗긴 들에도 봄은 오는가

이상화

지금은 남의 땅— 빼앗긴 들에도 봄은 오는가?

나는 온몸에 햇살을 받고
푸른 하늘 푸른 들이 맞붙은 곳으로
가르마 같은 논길을 따라 꿈속을 가듯 걸어만 간다.

입술을 다문 하늘아 들아
내 맘에는 내 혼자 온 것 같지를 않구나
네가 끄을었느냐 누가 부르더냐 답답워라 말을 해 다오.

바람은 내 귀에 속삭이며
한 자욱도 섰지 마라 옷자락을 흔들고
종다리는 울타리 너머 아가씨같이 구름 뒤에서 반갑게 웃네.

고맙게 잘 자란 보리밭아

간밤 자정이 넘어 내리던 고운 비로
너는 삼단 같은 머리를 감았구나 내 머리조차 가쁜하다.

혼자라도 갑부게나 가자
마른 논을 안고 도는 착한 도랑이
젖먹이 달래는 노래를 하고 제 혼자 어깨춤만 추고 가네.

나비 제비야 깝치지 마라
맨드라미 들마꽃에도 인사를 해야지
아주까리기름을 바른 이가 지심 매던 그 들이라 다 보고 싶다.

내 손에 호미를 쥐어 다오
살찐 젖가슴 같은 부드러운 이 흙을
발목이 시도록 매고 좋은 땀조차 흘리고 싶다.

강가로 나온 아이와 같이
짬도 모르고 끝도 없이 닫는 내 혼아
무엇을 찾느냐 어디로 가느냐 우스웁다 답을 하려무나.

나는 온몸에 풋내를 띠고
푸른 웃음 푸른 설움이 어우러진 사이로
다리를 절며 하루를 걷는다 아마도 봄 신명이 잡혔나보다.

그러나 지금은— 들을 빼앗겨 봄조차 빼앗기겠네.

나라를 빼앗기고 울분에 차 있는 시인의 고뇌가 한껏 전달되는 시이다. '지금은 남의 땅'과 '빼앗긴 들'에서 '땅'과 '들'은 모두 일본 제국주의에 속박된 조국을 가리킨다. '빼앗긴 들'이라는 한정된 공간을 빼앗긴 조국으로 확장해서 사용하는 기법을 제유법이라고 한다.
이 시에는 제유법 외에도 의인법을 포함한 활유법이 사용되었다. '하늘아', '들아', '보리밭아', '제비야' 등이 활유법의 예이다. 당시 시인들은 다양한 형식으로 민족적 비극을 승화시키려 애썼다. 시인은 이 시에서 나라를 빼앗긴 슬픔이 봄까지 빼앗기는 슬픔으로 강화되는 것을 보여 주었다.

인형의 가家

나혜석

1
내가 인형을 가지고 놀 때
기뻐하듯
아버지의 딸인 인형으로
남편의 아내 인형으로

그들을 기쁘게 하는
위안물 되도다

(후렴)
노라를 놓아라
최후로 순순하게
엄밀히 막아논
장벽에서
견고히 닫혔던
문을 열고
노라를 놓아주게

2
남편과 자식들에게 대한
의무같이
내게는 신성한 의무 있네
나를 사람으로 만드는
사명의 길로 밟아서
사람이 되고저

3
나는 안다 억제할 수 없는
내 마음에서

온통을 다 헐어 맛보이는
진정 사람을 제하고는
내 몸이 값없는 것을
나 이제 깨도다

4
아아 사랑하는 소녀들아
나를 보아
정성으로 몸을 바쳐다오
맑은 암흑 횡행할지나
다른 날, 폭풍우 뒤에
사람은 너와 나

'노라'는 입센의 소설 《인형의 집》에 나오는 여성의 이름이다. 뿌리 깊은 남성 중심의 인습을 거부하고 독립을 찾아 나선 여성으로서 여권 운동의 상징적 인물이다. 이 시에서 시인은 그 '노라'를 억압받는 모든 여성으로 확대하여 사용하고 있다. 특히 시인 자신이 그런 인습을 온몸으로 거부하는 삶을 살았던 터라 이 시의 절실함이 더 강하게 전달되는 것 같다. 여성의 자존감을 잃지 않으려 세상과 싸웠던 시인의 당당함이 잘 드러난 시이다.

○ 활유법

감정이 없는 대상을 감정이 있는 생물처럼 표현하는 기법이다. 특히 생물을 사람처럼 표현하는 기법을 의인법이라고 한다. 생명이 없는 사물을 사람처럼 표현하는 것도 의인법에 속한다.

돌담에 속삭이는 햇발

김영랑

돌담에 속삭이는 햇발같이
풀 아래 웃음 짓는 샘물같이
내 마음 고요히 고운 봄길 위에
오늘 하루 하늘을 우러르고 싶다

새악시 볼에 떠 오는 부끄럼같이
시의 가슴 살포시 젖는 물결같이
보드레한 에메랄드 얇게 흐르는
실비단 하늘을 바라보고 싶다

이 시는 '햇발같이', '샘물같이', '부끄럼같이', '물결같이' 같은 표현이 있어서 직유법의 냄새가 물씬 풍긴다. 그러나 이에 덧붙여 이 시에는 활유법이라는 멋진 기법이 녹아 있음을 알 수 있다. '햇발'이 속삭이고, '샘물'이 웃음 짓는다는 표현이 바로 무생물을 생물처럼 살아 움직이게 하는 활유법을 보여 준다. '시의 가슴'도 '시'를 마치 사람처럼 인식하는 기법이다. 김영랑의 특질, 곧 섬세하고 감각적인 표현을 잘 하는 특질이 잘 드러난 시이다.

면면綿綿함에 대하여

고재종

너 들어 보았니
저 동구 밖 느티나무의
푸르른 울음소리

날이면 날마다 삭풍 되게는 치고
우듬지 끝에 별 하나 매달지 못하던
지난 겨울
온몸 상처투성이인 저 나무
제 상처마다에서 뽑아내던
푸르른 울음소리

너 들어 보았니

다 청산하고 떠나 버리는 마을에
잔치는 아직 끝나지 않았다고
그래도 지킬 것은 지켜야 한다고
소리 죽여 흐느끼던 소리
가지 팽팽히 후리던 소리
오늘은 그 푸르른 울음
모두 이파리 이파리에 내주어
저렇게 생생한 초록의 광휘를
저렇게 생생히 내뿜는데

앞들에서 모를 내다
허리 펴는 사람들
왜 저 나무 한참씩이나 쳐다보겠니
어디선가 북소리는
왜 둥둥둥둥 울려 나겠니

느티나무가 울고 흐느낀다고 표현한 것은 식물을 사람처럼 묘사한 것이어서 의인법에 속한다. 느티나무의 울음소리와 떠나는 사람들의 울음소리가 공명하고, 푸름을 이파리에 내주어 느티나무가 초록의 광휘를 내뿜는 것 모두 느티나무를 사람처럼 묘사하는 것이다.

이 시는 농촌의 아픔을 아파하며 애틋한 마음으로 농촌을 지키려는 사람들의 끊임없는 노력을 드러내고 있다. '느티나무의 푸르른 울음소리'와 둥둥둥둥 울리는 북소리는 농촌을 되살리는 희망을 상징한다.

파초芭蕉

김동명

조국을 언제 떠났노,
파초의 꿈은 가련하다.

남국(南國)을 향한 불타는 향수,
너의 넋은 수녀보다도 더욱 외롭구나.

소낙비를 그리는 너는 정열의 여인,
나는 샘물을 길어 네 발등에 붓는다.

이제 밤이 차다,
나는 또 너를 내 머리맡에 있게 하마.

나는 즐겨 너를 위해 종이 되리니,
너의 그 드리운 치맛자락으로 우리의 겨울을 가리우자.

'파초'를 '정열의 여인'으로 묘사한 것은 파초를 의인화한 것이면서 은유이기도 하다. '치맛자락'도 파초의 넓은 잎을 의인화한 표현이다. 치맛자락의 치마는 여자가 입는 옷이기 때문이다. '파초'에게 '너'라고 부른 것도 의인법에 속한다.
이 시는 조국을 잃고 타국에서 방황하는 시인의 처지를 남국을 떠나 이국에서 살고 있는 파초에 빗대어 표현한 것이다. 파초가 식물이라는 점에서 적극적으로 고난을 극복하려는 의지를 펼칠 수 없는 한계가 있다는 것에 유의할 필요가 있다. 그래서 결국 겨울을 '걷어 내지' 못하고 겨울을 '가리우자'라고 할 수밖에 없었을 것이다.

○ 풍유법

풍자적 수법을 동원하여 표현하는 기법이다. 우리나라 고전소설에는 풍유법으로 쓰인 것들이 꽤 있다. 《금수회의록》, 《토끼전》, 《장끼전》 같은 것이 있고, 세계적으로 유명한 《이솝 우화》도 풍유법을 사용한 소설이다.

아주까리 신풍神風

김지하

별것 아니여
조선놈 피 먹고 피는 국화꽃이여

빼앗아 간 쇠그릇 녹여 벼린 일본도란 말이여
뭐가 대단해 너 몰랐더냐
비장처절하고 아암 처절하고말고 처절비장하고
처절한 신풍도 별것 아니여
조선놈 아주까리 미친 듯이 퍼먹고 미쳐버린
바람이지, 미쳐버린
네 죽음은 식민지에
주리고 병들어 묶인 채 외치며 불타는 식민지의
죽음들 위에 내리는 비여
역사의 죽음 부르는
옛 군가여 별것 아니여
벌거벗은 여군이 벌거벗은 갈보들 틈에 우뚝 서
제멋대로 불러대는 미친 미친 군가여

이 시는 미시마 유키오라는 일본 소설가가 군국주의 부활을 외치며 일본 자위대 본부 옥상에서 자살한 것을 풍자한 것이다. 일본을 상징하는 국화꽃, 일본도, 가미카제(신풍)를 모조리 식민지 백성의 등골을 파먹고 이룬 것으로 읊고, 미시마 유키오의 죽음을 식민지 백성의 죽음 위에 내리는 비요, 군국주의 역사의 죽음을 부르는 옛 군가요, 벌거벗은 여군의 미친 군가로 빗대었다.
김지하 시인의 풍자시 중에서 백미는 아무래도 〈오적〉이라고 해야 할 것이다. 여기에 소개하기에는 너무 길어서 소개하지 않았지만 재벌, 국회의원, 고급 공무원, 장성, 장차관을 다섯 도둑으로 풍자한 이 시는 1970년 당시 박정희 독재 정권하에서 사회에 엄청난 충격을 주었다.

새들도 세상을 뜨는구나

황지우

영화가 시작하기 전에 우리는
일제히 일어나 애국가를 경청한다
삼천리 화려 강산의
을숙도에서 일정한 군을 이루며
갈대숲을 이륙하는 흰 새떼들이
자기들끼리 끼룩거리면서
자기들끼리 낄낄대면서
일렬 이렬 삼렬 횡대로 자기들의 세상을
이 세상에 떼어 메고
이 세상 밖 어디론가 날아간다
우리도 우리들끼리
낄낄대면서
깔쭉대면서
우리의 대열을 이루며
한세상 떼어 메고

이 세상 밖 어디론가 날아갔으면
하는데 대한 사람 대한으로
길이 보전하세로
각각 자기 자리에 앉는다
주저앉는다

이 시는 1980년대 신군부의 폭정에 반항하는 의미를 갖고 있다. 풍자는 이 시의 제목에 있다. '새들도 세상을 뜨는구나'는 당시 신군부 치하의 세상을 새들도 살 수 없는 세상이라는 뜻으로 비꼬는 표현이다. 그리고 그런 세상에서 벗어날 수 없는 사람들의 좌절감을 '주저앉는다'로 표현했다. 하늘이 무너지는 심정이 이런 것이었을까.

○ 중의법

하나의 단어나 표현에 두 가지 이상의 의미를 갖게 하는 표현법이다. 이것을 비유법으로 분류하는 이유는 하나의 관념으로 다른 관념을 빗대기 때문이다.

봄눈 오는 밤

황인숙

길 건너 숲속,
봄눈 맞는 나무들.
마른풀들이 가볍게 눈을 떠받쳐들어
발치가 하얗다.

나무들은 눈을 감고 있을 것이다.
너의 예쁜 감은 눈.
너, 아니?
네 감은 눈이 얼마나 예쁜지.

눈송이들이 줄달음쳐온다.
네 감은 눈에 입 맞추려고.
나라도 그럴 것이다!
오, 네 예쁜, 감은 눈,
에 퍼붓는 봄눈!

이 시에는 세 가지 눈이 있다. 첫째는 봄눈으로 하늘에서 내리는 하얀 결정체이고, 둘째는 사물을 보는 데 쓰이는 감각기관이고, 셋째는 초목의 싹이 터져 나오기 직전의 모습이다. 특히 '감은 눈'은 시각 기관을 의미하는 것 같기도 하고,

나무의 아직 트지 않은 싹을 의미할 수도 있다. 이 경우에 아직 트지 않은 눈(싹)을 감은 눈에 비유했다고 보면 중의법이 성립된다.

땅끝

나희덕

산 너머 고운 노을을 보려고
그네를 힘차게 차고 올라 발을 굴렀지
노을은 끝내 어둠에게 잡아먹혔지
나를 태우고 날아가던 그넷줄이
오랫동안 삐걱삐걱 떨고 있었어

어릴 때는 나비를 쫓듯
아름다움에 취해 땅끝을 찾아갔지
그건 아마도 끝이 아니었을지 몰라
그러나 살면서 몇 번은 땅끝에 서게도 되지
파도가 끊임없이 땅을 먹어 들어오는 막바지에서
이렇게 뒷걸음질치면서 말야

살기 위해서는 이제
뒷걸음질만이 허락된 것이라고

파도가 아가리를 쳐들고 달려드는 곳
찾아 나선 것도 아니었지만
끝내 발 디디며 서 있는 땅의 끝,
그런데 이상하기도 하지
위태로움 속에 아름다움이 스며 있다는 것이
땅끝은 늘 젖어 있다는 것이
그걸 보려고
또 몇 번은 여기에 이르리라는 것이

이 시에서 '땅끝'은 몇 가지 의미를 나타낸다. '땅끝을 찾아갔지'는 아마 육지의 끝을 의미하면서 어쩌면 현실적인 지역으로서 전남 해남의 '땅끝 마을'을 의미할 수도 있다. 그러나 '몇 번은 땅끝에 서게도 되지'라고 한 '땅끝'은 삶의 가장 어려운 상황, 곧 '벼랑 끝'과 통하는 말일 것이다. '땅끝은 늘 젖어 있다는'에 쓰인 '땅끝'은 바다와 맞닥뜨리고 서 있는 땅의 끝을 의미한다. 이렇게 보면 '땅끝'은 육지의 끝의 의미와 삶의 가장 어려운 고비를 나타내기 위해서 중의적으로 쓰였음을 알 수 있다.

강조법

강조법은 표현하려는 내용을 뚜렷하게 나타내어 읽는 이에게 그 인상이 더 강하게 느껴지게 하는 표현법이다. 시에서 자주 쓰이는 강조법에는 과장법, 반복법, 열거법, 대조법 등이 있다.

○ 과장법

어떤 사물을 실제보다 훨씬 더하게, 또는 훨씬 덜하게 나타내어 강한 인상을 주는 기법을 말한다.

- 눈물이 홍수를 이뤘다.
- 간이 콩알만 하다.

눈물이 홍수를 이루는 것은 지나치게 과대하게 표현한 예이고, 간이 콩알만 하다는 것은 지나치게 과소하게 표현한 예이다. 이런 과장 표현은 시에서 자주 등장한다.

가벼운 바람

홍해리

사람아
사랑아
외로워야 사람이 된다 않더냐
괴로워야 사랑이 된다 않더냐
개미지옥 같은 세상에서
살얼음판 같은 세상으로
멀리 마실 갔다 돌아오는 길
나를 방생 노니
먼지처럼 날아가라
해탈이다
밤안개 자분자분 사라지고 있는
섣달 열여드레 달을 배경으로
내 생의 무게가 싸늘해
나는 겨자씨만큼 가볍다.

이 시에는 과장법이 많이 사용되었다. 이 세상을 개미지옥에 비유한 것이나 살얼음판으로 비유한 것이 과장법 표현에 속한다. 또 자신을 겨자씨만큼 가볍다고 한 표현도 과장법이다. 우리는 이처럼 비유할 때 과장법을 자주 쓴다.

첫날밤

오상순

어어 밤은 깊어
화촉동방의 촛불은 꺼졌다
허영의 의상은 그림자마저 사라지고…

그 청춘의 알몸이
깊은 어둠바다 속에서
어족(魚族)인 양 노니는데
홀연 그윽히 들리는 소리 있어

아야…야!

태초 생명의 비밀 터지는 소리
한 생명 무궁한 생명으로 통하는 소리
열반의 문 열리는 소리
오오 구원의 성모 현빈(玄牝)이여!

머언 하늘의 뭇 성좌는
이 밤을 위하여 새로 빛날진저!

밤은 새벽을 배고

침침히 깊어 간다.

이 시는 첫날밤 여인의 신음 소리의 의미를 무척 과장되게 표현한 것이 특징이다. 물론 첫날밤을 종교적인 경지에까지 승화시키려 한 것은 인정할 수 있지만, '태초 생명의 비밀 터지는 소리'에 '태초'를 넣은 것은 과장된 표현이라고 할 만하다. 또 '성모 현빈이여'라고 한 부분도 과장법에 속할 수 있다. 성모는 예수의 어머니 마리아를 일컫는 말이고, '현빈'은 '만물을 낳게 하는 길'을 뜻하는 말이기 때문에 이는 마치 마리아가 예수를 낳는 일에 비유한 것으로 볼 수 있는 것이다. 그래서 과장 표현이라고 할 수 있다고 본다.

○ 반복법

같거나 비슷한 어구를 되풀이하여 의미를 강조하는 표현 방법이다.

그날이 오면

심훈

그날이 오면 그날이 오면은
삼각산이 일어나 더덩실 춤이라도 추고

한강 물이 뒤집혀 용솟음칠 그날이
이 목숨이 끊기기 전에 와 주기만 할 양이면
나는 밤하늘에 나는 까마귀와 같이
종로의 인경(人磬)을 머리로 들이받아 울리오리다.
두개골은 깨어져 산산조각이 나도
기뻐서 죽사오매 오히려 무슨 한이 남으오리까.

그날이 와서 오오 그날이 와서
육조(六曹) 앞 넓은 길을 울며 뛰며 뒹굴어도
그래도 넘치는 기쁨에 가슴이 미어질 듯하거든
드는 칼로 이 몸의 가죽이라도 벗겨서
커다란 북을 만들어 들쳐 메고는
여러분의 행렬에 앞장을 서오리다.
우렁찬 그 소리를 한 번이라도 듣기만 하면
그 자리에 거꾸러져도 눈을 감겠소이다.

이 시에서 '그날이 오면 그날이 오면은'과 '그날이 와서 오오 그날이 와서'에 반복법이 사용되었다. 반복을 통한 강조를 더욱 두드러지게 하기 위해서 '오면은'에서 보조사 '은'을 덧붙였고, 감탄사 '오오'를 덧붙였다.
이 시를 읽으면 시인이 조국의 광복을 얼마나 간절하고 처절하게 기다렸는지 알 수 있다. 이 시를 쓴 것이 1930년이니 그의 나이 스물아홉 살 때였고, 시인은 그로부터 6년 후인 1936

년에 서른다섯 살의 나이로 타계하였으니 참으로 한스러운 일이다. 이 시를 읽으면 김구 선생이 《백범일지》에서 "우리도 어느 때 독립정부를 건설하거든 나는 그 집의 뜰도 쓸고, 창호도 닦는 일을 해보고 죽게 해 달라고 하느님께 기도했다."라고 한 대목이 기억난다.

갑사댕기

박목월

안개는 피어서
강으로 흐르고

잠꼬대 구구대는
밤 비둘기

이런 밤엔 저절로
머언 처녀들……

갑사댕기 남끝동
삼삼하고나

갑사댕기 남끝동

삼삼하고나

마지막에 같은 말을 두 번 반복함으로써 처녀들의 마음에 감도는 연정을 잘 표현해 주었다. '갑사댕기'는 고급 비단인 갑사로 만든 댕기라는 뜻으로 한껏 멋을 부린 모양을 암시한다. '남끝동'은 남색 끝동을 가리킨다. 최근 많은 사람들의 사랑을 받고 종영한 사극 〈옷소매 붉은 끝동〉에 궁녀들이 붉은 끝동을 단 저고리를 입고 등장한 것을 볼 수 있었다. 저고리에 끝동을 다는 것은 치장의 멋을 내는 것이다.

◦ 열거법

서로 관계가 있거나 비슷한 어구를 여러 개 늘어놓아 전체 내용을 강조하는 표현법이다.

절망

김수영

풍경이 풍경을 반성하지 않는 것처럼
곰팡이 곰팡을 반성하지 않는 것처럼
여름이 여름을 반성하지 않는 것처럼
속도가 속도를 반성하지 않는 것처럼

졸렬과 수치가 그들 자신을 반성하지 않는 것처럼
바람은 딴 데에서 오고
구원은 예기치 않은 순간에 오고
절망은 끝까지 그 자신을 반성하지 않는다

'절망'에서는 결코 구원을 얻을 수 없음을 말하기 위해서 반성하지 않는 수많은 것들을 나열한 뒤에 절망도 그런 것들과 같음을 말하는 방식으로 강조하고 있다. 절망의 순간에도 어디에선가 바람이 오고, 구원이 예기치 못한 순간에 오듯 희망이 사라지지 않음을 강조한 시이다.

기도

신달자

아마 이런 마음일 것입니다.
잘 됐으면,
일이 잘 됐으면, 자녀들이 잘 됐으면,
내 앞으로의 일들이 잘 됐으면…
좋아졌으면,
안 좋아졌던 모든 것이 다 좋아졌으면,
내 신앙이 좋아졌으면, 우리 식구들의 믿음이 좋아졌으면,
우리 교회가 날마다 부흥함으로 좋아졌으면…

육신은 건강했으면,
아픈 몸이 건강했으면, 건강한 몸은 더 건강했으면,
심령에는 은혜가 넘쳤으면,
그리하여 감사가 끊임없이 일어나고,
사는 것이 신나고 즐겁고 행복했으면…
한 마디로 '복 있는 자' 됐으면 하는 마음 간절할 것입니다.
그렇습니까?
그렇습니다.
여러분과 저는 오늘 읽었던 본문에서 말하는 것처럼
'복 있는 자' 되어야 할 줄 믿습니다.
3절에 있는 말씀처럼,
시냇가에 심은 나무처럼 시절을 좇아 과실을 맺는 역사가
일어나야 합니다.

무엇을 하든 헛되지 않고 하는 것에 열매가 맺혀야 합니다.
열심히 일했더니 수고의 대가가 있어야 합니다.

이 시는 시인의 신앙적 고백으로 구성되어 있는데 열거법으로 자신의 기도 내용을 제시하고 있다. '잘 됐으면' 하고 바라는 것들, '좋아졌으면' 하고 바라는 것들, '건강했으면' 하고 바라는 것들을 나열하는 기법을 사용했다.

○ 대조법

상반되는 두 어구를 나란히 써서 내용의 다름을 두드러지게 드러내는 표현법이다. 대체로 반대되거나 대립되는 두 행위나 사물을 양립시키는 방법으로 사용한다.

- 달면 삼키고, 쓰면 뱉는다. ('달다'와 '쓰다'의 대립)
- 내가 하면 로맨스, 남이 하면 불륜 ('나'와 '남'의 대립)
- 잘 되면 제 탓, 못 되면 조상 탓 ('잘 되다'와 '못 되다'의 대립)

5월

김영랑

들길은 마을에 들자 붉어지고
마을 골목은 들로 내려서자 푸르러졌다
바람은 넘실 천이랑 만이랑
이랑이랑 햇빛이 갈라지고
보리도 허리통이 부끄럽게 드러났다
꾀꼬리는 여태 혼자 날아 볼 줄 모르나니
암컷이라 쫓길 뿐
수놈이라 쫓을 뿐
황금 빛난 길이 어지럴 뿐

얇은 단장 하고 아양 가득 차 있는
산봉우리야 오늘 밤 너 어디로 가 버리련?

'들길'과 '마을 골목'을 대비하고 걸어가는 방향을 대비하여 마을의 색과 들의 색을 차별화하는 데 대조법을 사용했다. 5월에 보이는 마을의 붉음과 들의 푸름을 잘 대조한 표현이다. '암컷이라 쫓길 뿐/ 수놈이라 쫓을 뿐'도 암수의 특징을 대조하고 있다.

논개

변영로

거룩한 분노는
종교보다도 깊고
불붙는 정열은
사랑보다도 강하다
아, 강낭콩꽃보다도 더 푸른
그 물결 위에
양귀비꽃보다도 더 붉은
그 마음 흘러라.

아리땁던 그 아미

높게 흔들리우며
그 석류 속 같은 입술
죽음을 입맞추었네!
　　　아, 강낭콩꽃보다도 더 푸른
　　　그 물결 위에
　　　양귀비꽃보다도 더 붉은
　　　그 마음 흘러라.

흐르는 강물은
길이길이 푸르리니
그대의 꽃다운 혼
어이 아니 붉으랴
　　　아, 강낭콩꽃보다도 더 푸른
　　　그 물결 위에
　　　양귀비꽃보다도 더 붉은
　　　그 마음 흘러라!

이 시는 대조법을 사용한 시의 백미라고 해도 과언이 아니다. 시 전체가 대조법으로 논개의 죽음의 의미를 강화했다. '거룩한 분노'와 '불붙는 정열', '강낭콩꽃'과 '양귀비꽃', '푸른 물결'과 '붉은 마음', '아리땁던 아미'와 '석류 속 같은 입술'의 대비는 신비로울 정도이다. 특히 '강낭콩꽃보다도 더 푸른/ 그 물결 위에/ 양귀비꽃보다도 더 붉은/ 그 마음 흘러라'의 반복은 이 시가 지향하는 목적을 완성시킨 신의 한 수가 되었다.

이 시는 두말할 것 없이 논개의 죽음이 갖는 고귀한 의미를 노래한 것이다. 시인은 논개의 죽음에서 '거룩한 분노'를 보았고, '불붙는 정열'을 느꼈다. 그 분노는 종교보다 더 깊은 구세의 희생을 가능케 했고, 그 정열은 사랑보다 더 강력한 애국을 가능케 했다. 그래서 논개를 통해서 시인은 민족혼을 읽고 이 민족혼이 영원히 이어지기를 기원하는 마음으로 이 시를 쓰지 않았을까 생각한다.

변화법

서술 방식에 변화를 주어 글의 맛과 힘을 살리는 수사 기법으로 설의법, 도치법, 경구법, 대구법, 인용법, 반어법, 생략법, 비약법 등이 있다. 설의법은 평서문을 의문문으로 바꿔 독자가 답변하게 함으로써 설명에 변화를 주는 기법이다. 도치법은 어순을 바꿔 변화를 주는 기법이며, 경구법은 글의 효과를 높이기 위해 속담, 격언 등의 경구를 이용하는 기법이다. 인용법은 다른 사람의 말이나 글을 인용함으로써 설명을 대신하는 기법이고, 생략법은 중요한 말을 생략하여 독자가 스스로 그 말을 보충하게 하는 변화법이다. 비약법은 중간 설명을 생략하여 독자가 논리적으로 유추하게 만드는 기법이다. 이 책에서는 반어법과 대구법, 설의법을 예시하겠다.

◦ 반어법

속마음과 반대되는 표현을 쓰는 수사법을 가리킨다. 독자가 당연히 시인의 속마음을 알 수 있는 경우에 쓴다. 일상생활에서 흔히 쓰는 반어법으로 잘못한 아이에게 '너, 참 잘하는구나!'라고 핀잔을 주는 경우가 이에 해당한다.

진달래꽃

김소월

나 보기가 역겨워
가실 때에는
말없이 고이 보내 드리우리다

영변(寧邊)에 약산(藥山)
진달래꽃
아름 따다 가실 길에 뿌리우리다

가시는 걸음걸음
놓인 그 꽃을
사뿐히 즈려밟고 가시옵소서

나 보기가 역겨워
가실 때에는
죽어도 아니 눈물 흘리우리다

이 시 전체가 반어법으로 되어 있지만 특히 마지막 문장이 반어법의 극치를 이루고 있다. '죽어도 아니 눈물 흘리우리다'는 눈물을 흘리지 않겠다는 말이 아니라 눈물을 흘리겠다는 속마음을 반어법으로 표현한 것이다. '눈물 아니 흘리겠다.'라고 하지 않고 '아니 눈물 흘리겠다.'라고 한 것이 시인의 엄청난 반전의 내공을 느끼게 한다. 이것은 단순한 도치법이 아니라 '눈물 흘리겠다'를 명료하게 드러내기 위하여 '아니'를 앞으로 뺀 것이기 때문이다.

고향은 그리워도

심훈

나는 내 고향에 가지를 않소.
쫓겨난 지가 10년이나 되건만
한 번도 발을 들여 놓지 않았소.
멀기나 한가, 고개 하나 너머련만
오라는 사람도 없거니와 무얼 보러 가겠소?

개나리 울타리에 꽃 피던 뒷동산은
허리가 잘려 문화주택이 서고
사당 헐린 자리엔 신사(神社) 가 들어앉았다니,
전하는 말만 들어도 기가 막히는데
내 발로 걸어가서 눈꼴이 틀려 어찌 보겠소?

나는 영영 가지를 않으려오
5대나 내려오며 살던 내 고장이언만

비렁뱅이처럼 찾아가지는 않으려오
후원의 은행나무나 부둥켜안고
눈물을 지으려고 기어든단 말이오?

어느 누구를 만나려고 내가 가겠소?
잔뼈가 굵도록 정이 든 그 산과 그 들을
무슨 낯짝을 쳐들고 보드란 말이오?
번접하던 식구는 거미같이 흩어졌는데
누가 내 손목을 잡고 옛날이야기나 해 줄 성싶소?

무얼 하려고 내가 그 땅을 다시 밟겠소?
손수 가꾸던 화단 아래 턱이나 고이고 앉아서
지나간 꿈의 자취나 더듬어 보라는 말이오?
추억의 날개나마 마음대로 펼치는 것을
그 날개마저 찢기면 어찌하겠소?

이대로 죽으면 죽었지 가지 않겠소
빈손 들고 터벌터벌 그 고개는 넘지 않겠소
그 산과 그 들이 내닫듯이 반기고
우리 집 디딤돌에 내 신을 다시 벗기 전엔
목을 매어 끌어도 내 고향엔 가지 않겠소.

시인은 고향에 가지 않겠다고 선언한다. 그러나 시 곳곳에 고향에 가고 싶어 하는 마음이 절절히 묻어 있다. 고향에 가지 않겠다고 하는 이유는 빼앗긴 나라 백성으로서 이미 망가진 고향 땅을 차마 볼 수 없어서이다. 그러나 '후원의 은행나무', '정이 든 그 산과 그 들', '흩어진 식구들'을 생각하면 지금이라도 고향으로 달려가고 싶다. 지금 갈 수 없는 여건이 해소되면 맨발로라도 뛰어갈 것 같은 간절함이 있다. 이 시는 고향을 그리워하는 마음을 '고향에 가지 않겠다'는 반어법으로 표현한 시라고 생각한다.

○ 대구법

비슷한 어구를 짝지어 표현을 돋보이게 하는 수사법이다. 시의 분위기를 변화시키는 기능도 하고, 말하고자 하는 내용을 강조하는 기능도 한다. 대조법과 다른 것은 대구법에는 어구를 짝지어 놓았을 뿐 대립되는 의미가 없다.

저녁에

김광섭

저렇게 많은 중에서
별 하나가 나를 내려다본다
이렇게 많은 사람 중에서

그 별 하나를 쳐다본다

밤이 깊을수록
별은 밝음 속에 사라지고
나는 어둠 속에 사라진다

이렇게 정다운
너 하나 나 하나는
어디서 무엇이 되어
다시 만나랴

밑줄 친 문장은 앞뒤 대등절이 대구를 이루고 있음을 알 수 있다. '별'과 '나', '밝음'과 '어둠'의 두 개념을 쌍으로 대립시킨 뒤에 서술어 '사라진다'를 공유하게 만들어 '별'과 '나' 사이의 관계가 특별한 것으로 설정되는 효과를 내게 했다.

목계장터

신경림

하늘은 날더러 구름이 되라 하고
땅은 날더러 바람이 되라 하네
청룡 흑룡 흩어져 비 개인 나루

잡초나 일깨우는 잔바람이 되라네
뱃길이라 서울 사흘 목계나루에
아흐레 나흘 찾아 박가분 파는
가을볕도 서러운 방물장수 되라네
산은 날더러 들꽃이 되라 하고
강은 날더러 잔돌이 되라 하네
산서리 맵차거든 풀 속에 얼굴 묻고
물여울 모질거든 바위 뒤에 붙으라네
민물새우 끓어넘는 토방 툇마루
석삼년에 한 이레쯤 천치로 변해
짐 부리고 앉아 쉬는 떠돌이가 되라네
하늘은 날더러 바람이 되라 하고
산은 날더러 잔돌이 되라 하네

이 시의 밑줄 친 세 문장은 모두 반복 어구를 갖춘 대등적 이어진문장으로, 두 대등절이 '되라 하고'와 '되라 하네'를 서술어로 취한다. 하늘과 땅, 산과 강, 하늘과 산을 소재로 한 대구 표현이 두드러진다.

이 시에 쓰인 많은 단어가 상징성을 띠고 있다. 구름, 바람, 방물장수는 떠도는 삶을 상징하고, 들꽃, 잔돌, 천치는 정착하는 삶을 상징한다. 그리고 이 두 삶은 모두 민중의 고단한 삶을 상징한다. 하늘과 땅 또는 산과 강이 요구하는 삶 중에서 시인은 어떤 삶을 살 것인가? 어떤 삶을 살든 그것은 힘없는 민중의 거친 삶일 터이니 시인은 이를 모두 받아들여, 때로는 방물장수처럼 여기저기 떠돌면서 민중의 이야기를 실어 나르다가, 어려움이 밀려들면 천치처럼 토방에 앉아 쉬는 삶을 살지 않을까. 이로써 이 시는 대립되는 단어가 갖는 이미지를 대구법으로 잘 버무린 시가 되었다.

○ 설의법

상식적인 사실을 의문의 형식으로 표현하여 상대편이 스스로 판단하게 하는 수사법을 가리킨다.

놀

이외수

이 세상에 저물지 않는 것이 어디 있으랴
누군가가 그림자 지는 풍경 속에
배 한 척을 띄우고
복받치는 울음을 삼키며
뼈 가루를 뿌리고 있다
살아 있는 날들은
무엇을 증오하고 무엇을 사랑하랴
나도 언젠가는 서산머리 불타는 놀 속에

영혼을 눕히리니
가슴에 못다한 말들이 남아 있어
더러는 저녁 강에 잘디잔 물비늘로
되살아나서
안타까이 그대 이름 불러도
알지 못하리
걸음마다 이별이 기다리고
이별 끝에 저 하늘도 놀이 지나니
이 세상에 저물지 않는 것이 어디 있으랴

'세상에 저물지 않는 것이 어디 있으랴'라고 반문함으로써 독자들의 긍정적 대답을 유도한다. 시인은 세상에 저물지 않는 것이 없다는 결론을 이미 내렸고 독자도 이에 동의할 것이라 믿는다. 또한 '살아 있는 날들은/ 무엇을 증오하고 무엇을 사랑하랴'라고 물음으로써 독자로 하여금 애증에서 벗어나도록 유도한다.

느낌

이성복

느낌은 어떻게 오는가
꽃나무에 처음 꽃이 필 때

느낌은 그렇게 오는가
꽃나무에 처음 꽃이 질 때
느낌은 그렇게 지는가

종이 위의 물방울이
한참을 마르지 않다가
물방울 사라진 자리에
얼룩이 지고 비틀려
지워지지 않는 흔적이 있다

이 시는 질문을 던지고 답 대신에 답을 시사하는 질문을 다시 던져 독자로 하여금 스스로 답을 알아내도록 이끈다. 설의법을 이용하면 직접 주장하거나 말하지 않고도 독자의 공감을 얻을 수 있는 장점이 있다.

수록 시 및 출처

이 책에 실린 시는 저작권자에게 직접 또는 저작권을 관리하는 출판사, 한국문학예술저작권협회, 사이저작권에이전시, 남북저작권센터를 통해 동의를 얻어 수록한 것입니다. 일부 연락이 닿지 않은 저작권자는 연락이 닿는 대로 저작권법에 따라 조치하겠습니다.

- 김광섭, 〈저녁에〉
- 김남조, 〈겨울 바다〉
- 김동명, 〈파초芭蕉〉, 〈하늘 2〉
- 김상용, 〈남南으로 창을 내겠소〉, 〈어미소〉
- 김소월, 〈기억〉, 〈우리 집〉, 〈자나 깨나 앉으나 서나〉, 〈진달래꽃〉
- 김수영, 〈사랑〉, 〈절망〉
- 김영랑, 〈5월〉, 〈돌담에 속삭이는 햇발〉, 〈오매, 단풍 들것네〉
- 김윤진, 〈가을 햇살 같은 그리움〉
- 김인숙, 〈봄의 속삭임〉
- 김지하, 〈아주까리 신풍神風〉
- 김현승, 〈만추의 시〉
- 나혜석, 〈인형의 가家〉

- 노천명, 〈남사당〉
- 박두진, 〈꽃과 항구〉
- 박목월, 〈갑사댕기〉, 〈나그네〉, 〈산도화 1〉
- 박용철, 〈사티르〉, 〈센티멘탈〉
- 박인환, 〈목마와 숙녀〉
- 백석, 〈여승〉
- 변영로, 〈논개〉
- 신경림, 〈목계장터〉
- 신달자, 〈기도〉, 〈너의 이름을 부르면〉
- 신석정, 〈그 마음에는〉
- 심훈, 〈고향은 그리워도〉, 〈그날이 오면〉
- 안도현, 〈나그네〉
- 오상순, 〈첫날밤〉
- 유안진, 〈말하지 않은 말〉, 〈춘천은 가을도 봄이지〉
- 유치환, 〈깃발〉
- 이명희, 〈잊은 줄 알았는데〉
- 이병기, 〈매화〉
- 이상화, 〈빼앗긴 들에도 봄은 오는가〉, 〈시인에게〉
- 이외수, 〈놀〉, 〈다들 그렇게 살아가고 있어〉
- 이용악, 〈전라도 가시내〉
- 이육사, 〈편복蝙蝠〉
- 이정애, 〈가려나 봐〉
- 이정하, 〈사랑할 수 있었던 것만으로도〉
- 정지용, 〈다시 해협〉
- 정호승, 〈사북을 떠나며〉
- 조병화, 〈벗〉

- 조지훈, 〈민들레꽃〉, 〈여인〉
- 천상병, 〈한 가지 소원〉
- 최승호, 〈대설주의보〉
- 피천득, 〈연정〉
- 한용운, 〈당신이 아니더면〉
- 허형만, 〈녹을 닦으며〉
- 홍해리, 〈가벼운 바람〉
- 황인숙, 〈봄눈 오는 밤〉

- 고재종, 〈면면綿綿함에 대하여〉, 《방죽가에서 느릿느릿》, 지식을만드는지식
- 김사인, 〈늦가을〉, 《가만히 좋아하는》, 창비
- 나희덕, 〈땅끝〉, 《그 말이 잎을 물들였다》, 창비
- 나희덕, 〈허락된 과식〉, 《어두워진다는 것》, 창비
- 박정만, 〈광화문〉, 《박정만 시전집》, 해토
- 이성복, 〈느낌〉, 《그 여름의 끝》, 문학과지성사
- 한혜영, 〈보리수 밑을 그냥 지나치다〉, 《뱀 잡는 여자》, 서정시학
- 황지우, 〈새들도 세상을 뜨는구나〉, 《새들도 세상을 뜨는구나》, 문학과지성사

시로 국어 공부 표현편

초판 1쇄 | 2022년 5월 20일
초판 3쇄 | 2023년 5월 10일

지은이 | 남영신
펴낸이 | 정은영
책임편집 | 한미경, 박지혜
마케팅 | 박선정
디자인 | 오필민 디자인

펴낸곳 | 마리북스
출판등록 | 제2019-000292호
주소 | (04037) 서울시 마포구 양화로 59 화승리버스텔 503호

전화 | 02) 336-0729
팩스 | 070) 7610-2870
홈페이지 | www.maribooks.com
Email | mari@maribooks.com
인쇄 | (주) 신우인쇄

ISBN 979-11-89943-80-6 (04800)
979-11-89943-69-1 (set)